Le secret
du coffre bleu

Lise Dion

Le secret du coffre bleu

RÉCIT

Libre Expression

Une compagnie de Quebecor Media

Catalogage avant publication de Bibliothèque et Archives nationales du Québec et Bibliothèque et Archives Canada

Dion, Lise

Le secret du coffre bleu

ISBN 978-2-7648-0503-9

1. Martel, Armande - Romans, nouvelles, etc. I. Titre.

PS8607.I643S42 2011   C843'.6   C2010-942735-1
PS9607.I643S42 2011

Édition : Johanne Guay
Révision linguistique : Sophie Sainte-Marie
Correction d'épreuves : Dominique Issenhuth
Couverture et grille graphique intérieure : Axel Pérez de León
Mise en pages : Louise Durocher
Photo de l'auteure : Julien Faugère
Photographies de couverture et des pages 23 et 25 : archives de l'auteure

Remerciements
Nous reconnaissons l'aide financière du gouvernement du Canada par l'entremise du Fonds du livre du Canada pour nos activités d'édition.
Nous remercions le Conseil des Arts du Canada et la Société de développement des entreprises culturelles du Québec (SODEC) du soutien accordé à notre programme de publication.
Gouvernement du Québec – Programme de crédit d'impôt pour l'édition de livres – gestion SODEC.

Les Éditions Libre Expression
Groupe Librex inc.
Une compagnie de Quebecor Media
La Tourelle
1055, boul. René-Lévesque Est
Bureau 800
Montréal (Québec) H2L 4S5
Tél. : 514 849-5259
Téléc. : 514 849-1388
www.edlibreexpression.com

Dépôt légal – Bibliothèque et Archives nationales du Québec et Bibliothèque et Archives Canada, 2011

ISBN 978-2-7648-0503-9

Distribution au Canada
Messageries ADP
2315, rue de la Province
Longueuil (Québec) J4G 1G4
Tél. : 450 640-1234
Sans frais : 1 800 771-3022
www.messageries-adp.com

Diffusion hors Canada
Interforum
Immeuble Paryseine
3, allée de la Seine
F-94854 Ivry-sur-Seine Cedex
Tél. : 33 (0)1 49 59 10 10
www.interforum.fr

*Aux deux merveilleux petits-enfants
d'une grand-mère survivante, qui ont joué aussi
un rôle important dans la survie de leur mère.*

*Claudie et Hugo, pour que toujours
vous vous souveniez.*

Note de l'auteure

J'ai volontairement changé le nom de certaines personnes et de certains lieux par respect pour tous ceux et celles qui ont vécu cette inimaginable folie meurtrière, en particulier pour ma mère.

LA DÉCOUVERTE

Depuis deux jours, je tentais de joindre ma mère par téléphone. Mais elle ne répondait jamais. Même si je savais qu'elle n'était pas souvent à la maison, j'étais inquiète. J'ai alors téléphoné au concierge de son immeuble et lui ai demandé de vérifier si elle était chez elle. Je voulais être rassurée, coûte que coûte. Il m'a répondu : « Pas de problème. Je vous rappelle dans quinze minutes. »

Une demi-heure plus tard, il ne m'avait toujours pas rappelée. J'étais morte d'inquiétude, comme une mère qui ne retrouve plus son enfant. Au bout de quarante minutes, le téléphone a fini par sonner. Le concierge m'a demandé de venir immédiatement, mais je voulais savoir, avant de partir, si ma mère allait bien ou si elle était malade. Il me répéta en insistant : « Venez tout de suite ! »

Pendant le trajet, j'ai imaginé le pire. Je la voyais étendue sur le sol, à plat ventre. Elle essayait péniblement d'atteindre le téléphone pour m'appeler et me demander de l'aide. Je me sentais mal, j'avais le cœur à l'envers, je pleurais sans arrêt et j'avais beaucoup de difficulté à me concentrer sur la route.

Lorsque j'arrivai devant l'immeuble, j'aperçus des policiers et des ambulanciers qui s'agitaient. À partir de ce moment, je ne me souviens plus très bien de ce qui s'est passé. Je me rappelle que le concierge m'a serrée dans ses bras pour m'empêcher de rentrer. Il m'a expliqué, en prenant mille précautions, que ma mère était décédée depuis plusieurs heures. Il était préférable que je ne la voie pas dans cet état.

Un voisin de palier, qui la connaissait bien, m'a accueillie chez lui, en attendant que le père de mes enfants arrive et prenne la situation en main, car, moi, j'en étais incapable.

Ensuite, un policier et un ambulancier sont venus me rassurer. Ils m'ont expliqué que ma mère était morte d'une embolie pulmonaire et qu'au moment de sa mort elle avait déjà perdu connaissance. Quand ils sont entrés dans l'appartement, elle était simplement assise dans son fauteuil. Elle n'avait donc pas eu le temps de tenter de me joindre par téléphone, comme je l'avais imaginé dans mon scénario.

Leurs explications m'ont réconfortée. Ils m'ont aussi révélé que rien ne laissait croire qu'elle avait souffert avant de mourir. J'étais soulagée. Mais lorsqu'ils m'ont appris que son décès pouvait remonter à deux jours, j'ai été envahie par un immense sentiment de culpabilité. Et ce sentiment m'habite encore aujourd'hui.

Au bout de quelques heures, des employés de la morgue ont emmené le corps de ma mère. Ce n'est qu'à cet instant que je me suis décidée à pénétrer dans son appartement.

La première chose que j'ai aperçue, c'est sa robe de nuit qui traînait par terre, près du fauteuil dans lequel elle est décédée. J'ai eu un mouvement de recul. C'était au-dessus de mes forces. J'ai alors demandé au concierge et à mon mari qu'ils effacent toute trace susceptible de me rappeler les derniers moments que ma mère avait vécus avant de mourir.

Lorsque j'ai finalement pénétré dans son petit meublé, une forte odeur de putréfaction m'a assaillie. C'était une odeur très particulière. Même si vous ne l'avez jamais respirée, quelque chose vous dit qu'il s'agit de celle de la mort. C'est comme le parfum d'une poudre de mauvaise qualité, qui vous lève le cœur, mais en même temps il y a la puanteur de quelque chose de froid en train de se décomposer.

J'avais l'impression que jamais je ne parviendrais à me défaire de cette odeur qui restait collée à mes narines et à mes vêtements. Mais ce qui était pire, c'était l'immense silence et le grand vide qui régnaient dans son logement. Je n'avais qu'une idée en tête : rassembler tous les documents nécessaires, le plus rapidement possible, et déguerpir.

Quand je repense à ces jours passés au salon funéraire, je réalise que j'étais dans un état second. Je n'avais qu'une envie : m'asseoir par terre et pleurer toutes les larmes de mon corps. Je me suis cependant efforcée de garder mon calme. J'avais sans doute peur que mon comportement paraisse un peu excessif, à cause de ma douleur, mais chacun vit son deuil à sa façon.

Avant que l'on referme le cercueil, j'ai voulu m'assurer que ma mère ne manquerait de rien pour son grand voyage. En soulevant le satin qui recouvrait son corps, j'ai vérifié si on lui avait bien mis les bas de laine que j'avais apportés. Ma mère avait toujours froid aux pieds. J'aurais voulu l'envelopper dans une couverture chaude, mais je me suis retenue.

Pour moi, ma mère vivait encore et je ne réalisais pas que la vie s'était retirée complètement de son corps. Cela dura quelques heures. C'est pour cette raison que j'ai insisté pour qu'elle porte ses lunettes. Je voulais qu'elle puisse reconnaître ceux qui l'attendaient de l'autre côté, si jamais autre côté il y avait.

Mes enfants et moi avons déposé toutes sortes d'objets dans son dernier lit. Mes enfants lui ont offert des dessins et lui ont écrit des petits mots d'affection. Quant à moi, je lui ai écrit une longue lettre où je lui demandais, entre autres, de me faire signe de temps en temps. Surtout lorsque j'aurais quelques conseils à lui demander.

Nous avons aussi disposé autour d'elle, dans son cercueil, quelques photos de Maurice, son mari, et de leur mariage. Maurice a été l'amour de sa vie et, ainsi qu'elle le souhaitait, c'est à ses côtés qu'elle serait enterrée. Nous avons également déposé, près de sa tête, une photo de son frère Rosaire, qu'elle aimait énormément.

J'y ai aussi placé des tiges de *Salix iona*, ses fleurs préférées, qui appartiennent à la famille des saules. Elle les appelait tout simplement ses «petits minous». Chaque été, elle en cherchait partout pour en faire des bouquets.

Mes enfants et moi, nous voulions qu'elle emporte avec elle toutes ces choses qui lui étaient familières. C'était notre manière de retarder la fermeture définitive du cercueil. Le responsable des funérailles ne semblait pas apprécier la manœuvre et il nous regardait drôlement. Nous étions incapables de nous résigner à la voir partir pour toujours.

Au cimetière, j'ai remarqué qu'il y avait de l'eau au fond de la fosse. Je suis devenue hystérique, je me suis mise à crier que le cercueil n'était pas étanche, que l'eau pouvait s'infiltrer à l'intérieur. J'ai même demandé qu'on pompe l'eau avant de descendre le cercueil de ma mère.

Les fossoyeurs, qui en avaient vu d'autres, n'ont pas bougé, et ils nous ont obligés à partir avant de le déposer en terre. Mes enfants trouvaient mon comportement plutôt étrange depuis le décès de ma mère. Je pense que je leur faisais un peu peur. Ils avaient onze et treize ans, et ne m'avaient jamais vue dans un tel état.

*

Vingt-quatre heures à peine après l'enterrement de ma mère, le concierge de l'immeuble où elle avait habité m'avisa qu'il était urgent que je « vide son logement ». Apparemment, un nouveau locataire était impatient d'y emménager.

« Vider », avait-il dit. Quel mot vulgaire et épouvantable ! On voulait me faire comprendre que la vie continuait et qu'une simple couche de peinture allait effacer toute trace de la femme admirable qu'elle avait été.

J'ai failli lui crier : « Vous ne l'avez sûrement pas beaucoup connue pour ne pas pleurer sa disparition et pour me presser de jeter son âme dehors.» Quand nous connaissons un immense chagrin, le quotidien des autres devient insupportable.

J'ai ramassé ce qu'il me restait de courage et j'ai pu, finalement, ouvrir la porte de son domicile. Si j'avais été accompagnée de frères et de sœurs, il me semble que cela aurait été plus facile. Même en sachant que, dans une grosse famille, il arrive fréquemment qu'on se dispute pour un simple bout de chiffon qui n'apparaît pas au testament, je trouvais très difficile de ne pas pouvoir partager ces moments dramatiques avec quelqu'un d'autre.

Lorsque je suis entrée dans l'appartement, l'odeur de la mort était toujours aussi présente. J'ai ouvert les fenêtres pour aérer. À l'intérieur, tout était figé, comme si le temps s'était arrêté depuis sa mort. Après un rapide tour d'horizon, je me suis rendu compte que la tâche s'avérait des plus difficiles : en quelques heures, je devais effacer à jamais les traces de sa présence dans ce logement où elle avait vécu presque huit ans.

Avant de commencer le déménagement, je me suis assise sur son lit. J'étais totalement désemparée. Je caressais les couvertures qui gardaient encore l'empreinte de son corps.

Je me demandais comment je ferais pour vivre sans elle. Même si j'avais trente-sept ans, j'étais encore son enfant, une enfant qui venait soudainement de perdre la sécurité, le réconfort et l'écoute de sa mère adorée. Il n'y aurait plus jamais personne pour me regarder comme si j'étais encore une petite fille, en me disant : « Enfant, tu étais comme ceci, tu adorais faire cela, ton père et moi t'aimions tellement, etc.» Je ne pourrais plus jamais me réfugier chez elle.

Lorsque je lui rendais visite et qu'elle était dans la cuisine en train de préparer le repas, j'avais l'impression de revenir de l'école et de redevenir une enfant qui n'avait plus à assumer ses responsabilités d'adulte. Peu importent les problèmes dont je lui parlais, elle trouvait toujours des solutions ou me donnait des conseils pour les régler. Bien sûr, nous avons eu des différends, mais c'était pour mieux nous réconcilier par la suite.

Les yeux remplis de larmes, je scrutais les moindres recoins de sa chambre. Son parfum trônait encore sur le chiffonnier. J'ouvris la bouteille et j'en lançai un peu dans les airs afin d'embaumer la pièce, comme pour me rappeler qu'elle était toujours là. «Je l'utiliserai avec modération, me suis-je dit, une petite goutte de temps en temps, les jours de cafard, pour me réconforter.» Sur la commode se trouvait également son coffre à bijoux en cuir beige aux motifs dorés. Petite fille, et même adolescente, je passais des heures à le vider et à jouer avec ses bijoux, en les examinant attentivement un par un. Puis je les remettais délicatement dans les compartiments aux parois de velours. J'ai découvert, cachées dans un coin, mes deux dents de bébé qu'elle avait conservées. Je n'ai pu m'empêcher d'éclater en sanglots. Une magnifique photo de mon père occupait une place importante sur le bureau. Sur cette photo, il fixe l'objectif, en souriant tendrement. Ce sourire nous faisait craquer, ma mère et moi. Mon père est toujours resté présent dans la vie de ma mère, même si elle lui a survécu vingt-sept ans. Elle répétait souvent que jamais elle ne revivrait une histoire d'amour semblable et c'est pour cette raison qu'elle avait préféré demeurer seule.

Très tôt, j'ai su que mes parents formaient un couple à part. Quand arrivait l'heure d'aller au lit, par exemple, ils redevenaient deux adultes sans enfant. Il n'était pas question que je dérange cette intimité, et pourtant j'ai bien essayé. Mes parents étaient en avance sur leur époque. Premièrement, ma mère, Armande, avait dix ans de plus que mon père. Deuxièmement, ils ont vécu ensemble plusieurs années avant de se marier, ce qui ne se faisait pas en ce temps-là, et cela causa un scandale dans la famille.

Ils étaient liés par une immense complicité et se parlaient beaucoup. Cela aussi était rare à l'époque. J'aurais tant aimé qu'elle m'en dise plus sur ce grand amour, pour que je comprenne pourquoi elle s'est effondrée à ce point lorsque mon père est décédé.

Toujours assise sur son lit, plongée dans mes pensées, j'imaginais ma mère entrant dans la chambre pour faire sa sieste comme tous les après-midi. J'aurais tant aimé m'allonger près d'elle et la prendre dans mes bras, pour ce dernier repos. J'en aurais profité pour la remercier de sa grandeur d'âme et, surtout, de son extrême générosité pour s'être occupée d'une enfant dont elle n'était même pas la mère biologique.

J'aurais aimé lui dire, une fois de plus, merci pour toutes ces heures passées, courbée sur sa machine à coudre, à confectionner des vêtements pour des gens plus fortunés, sans parler des ménages qu'elle faisait dans des maisons privées, pour que la veuve qu'elle était devenue trop tôt puisse boucler ses fins de mois.

J'aurais voulu également lui exprimer ma reconnaissance pour tous ces sacrifices qu'elle avait faits pour moi. Combien de fois m'a-t-elle tendu la moitié de son repas en prétextant qu'elle n'avait plus faim, afin que je puisse me rassasier ?

Elle se serrait aussi la ceinture pour être en mesure de m'offrir des cadeaux à Noël. Je me souviens d'une bague qu'elle m'avait donnée un jour. Elle l'avait achetée à crédit en la payant 5 dollars par semaine. Je n'ai jamais réussi à me départir de ce bijou et l'ai porté jusqu'à l'usure.

J'aurais surtout voulu lui dire : « Ne t'inquiète pas, maman, je suis là, je resterai près de toi jusqu'à ce que tu fermes les yeux. Je tiendrai ta main jusqu'au moment où tu verras cette belle lumière que l'on nous promet, et jusqu'à ce que la main de celui que tu as tant aimé remplace la mienne… »

Je ne parvenais pas à me résoudre à emballer les objets de sa chambre, je ne faisais que pleurer tant la douleur m'accablait.

J'ai finalement décidé de commencer par la cuisine. Je n'avais plus envie de m'attarder, c'était trop difficile. De toute façon, je n'avais plus de temps à perdre, puisque dans quelques heures arriveraient les gens de son quartier, à qui je voulais donner les choses qui lui avaient appartenu. Ma mère aurait sans aucun doute été d'accord avec moi.

Sur la table, j'ai aperçu son sac à main et je l'ai lentement libéré de son contenu. Cela me gênait énormément, c'était comme accepter que ma mère soit partie pour de bon. Entre rires et larmes, à mon grand étonnement, j'ai découvert des objets qu'elle m'avait volés. Au cours des dernières années, j'ai souvent été victime de ses petits cambriolages. J'ai ainsi retrouvé, dans une pochette, mes boucles d'oreilles en argent que je pensais avoir perdues et un pendentif en verre multicolore qui attirait son attention chaque fois que je le portais. En faisant le tri de ses vêtements, dans les tiroirs de sa commode, j'avais d'ailleurs trouvé un chandail, une robe de nuit et même une paire de chaussures qui m'appartenaient.

Dans son porte-monnaie, j'ai découvert une vieille photo d'elle et de moi prise dans un photomaton, lors de l'Expo universelle de 1967. J'avais douze ans. Nous riions toutes les deux. Je me suis remise à pleurer. Ma mère avait ce sourire des jours heureux. Son sourire n'avait rien de forcé comme pour une photo officielle.

Je pouvais affirmer que nous avions une belle relation, ma mère et moi, malgré le fait que, quelquefois, elle m'aurait voulue pour elle seule, et que cela produisait des étincelles. Étrangement, nous avons commencé à éprouver une grande complicité alors que j'étais adolescente, mais cette amitié traduisait, en réalité, son désir de possession. Elle était jalouse du temps que je passais avec mes amis.

Ma mère avait également un côté tigresse. Elle aurait pu facilement devenir violente si quelqu'un avait voulu s'en prendre à moi. Quand j'étais triste, elle était capable de me décrocher la lune. Je me souvenais qu'un jour, n'en pouvant plus de me voir pleurer sur mes problèmes de poids, elle proposa d'acheter un produit miracle qui pouvait me faire maigrir. Mais la vente de ce produit était illégale au Québec. Elle était donc capable de mettre de côté son intégrité pour trouver une solution à mon désarroi. Par contre, elle était très rancunière. Je craignais par-dessus tout ses colères. Lorsqu'elle était fâchée contre moi, il pouvait se passer des jours sans qu'elle m'adresse la parole. Je détestais ce genre de situation car, après la mort de mon père, nous n'étions que deux dans la maison. Son silence et son indifférence devenaient rapidement insoutenables.

La plupart du temps, cependant, nous étions bien ensemble. Nous étions gourmandes et avides de nouvelles découvertes dont elle était toujours l'instigatrice. Par exemple, nous allions à l'Exposition universelle toutes les fins de semaine. Nous n'avions pas beaucoup d'argent, mais, en autobus et en métro, nous avons pu visiter Montréal d'est en ouest et du nord au sud.

Le dimanche, nous allions parfois à la Gare centrale, juste pour sentir l'ambiance et observer les voyageurs. Elle avait une grande passion pour les voyages, mais nous n'avions pas les moyens de prendre le train. Alors, nous venions à la gare pour rêver.

Passionnée de culture française, elle m'initia au cinéma français à travers lequel je fis la connaissance des plus grands acteurs et actrices. Parfois, je m'absentais de l'école, avec sa complicité, naturellement, et elle m'emmenait dans les grands magasins, comme Eaton, Morgan et Dupuis Frères. Elle m'enseignait comment être élégante et combiner les vêtements, toujours avec bon goût. Elle m'apprenait aussi à distinguer un parfum de qualité d'un mauvais. Pour elle, ne pas avoir d'argent ne voulait surtout pas dire avoir l'air misérable. Il était toujours possible, et même nécessaire, de se vêtir convenablement pour bien paraître. C'est ainsi qu'elle m'a appris les bonnes manières. Ma mère avait de la classe. Elle adorait les vêtements chics et de bon goût, les bijoux et les chaussures fines, mais, n'ayant pas les moyens de se les offrir, elle se satisfaisait d'une simple séance de magasinage. Elle ne se gênait pas pour tâter les beaux tissus sur les mannequins, examinait attentivement la coupe et les coutures d'un morceau qui l'avait séduite, afin de pouvoir dessiner le patron et le fabriquer elle-même à la maison. Elle insistait également sur la durabilité d'un vêtement.

Les chaussures faisaient également partie de ses préoccupations esthétiques. Lorsqu'elle essayait une paire qui lui plaisait, elle défilait devant la vendeuse avec la moue de celle qui n'est pas encore décidée. Nous étions les seules, ma mère et moi, à savoir que ces chaussures n'étaient qu'une illusion de plus. Elle revenait à la maison, comblée de ce qu'elle avait vu. Elle oubliait rapidement tous ces objets convoités et se montrait satisfaite de ce qu'elle possédait.

Vers la fin de sa vie, pendant nos séances de magasinage, il lui arrivait de voler, à mon insu, quelques menus objets. Elle ne me les montrait qu'une fois à l'extérieur du magasin. Elle a ainsi volé des lunettes de soleil, une poupée Barbie pour ma fille et des outils dont elle n'avait aucunement besoin. Elle a déjà dérobé un tournevis juste pour la beauté de son manche de plastique bleu. Moi, je ne savais pas ce que je devais faire avec une personne de quatre-vingts ans qui s'adonne au vol à l'étalage. Il aurait sans doute fallu revenir au magasin et demander à parler au gérant, puis la forcer à lui remettre son butin. Mais je ne voulais surtout pas avoir honte de ma mère, et je préférais de loin être sa complice.

Dans sa cuisine, il y avait beaucoup de vaisselle chinoise à emballer. Cela s'explique. Très souvent, nous allions manger dans le quartier chinois. Pour ma mère, c'était le nec plus ultra. Une de ses amies, plus en moyens qu'elle, l'invitait quelquefois à manger au restaurant. Chaque fois, Armande choisissait le Chinatown. C'était alors jour de fête, et nous revêtions nos habits du dimanche. Lorsque je goûte à la cuisine chinoise, je ne peux m'empêcher de penser à elle.

Une fois la cuisine vide, je suis retournée dans la chambre à coucher. En sanglotant, j'ai défait son lit et respiré l'odeur des draps une dernière fois.

Il ne me restait que le gros coffre bleu à délivrer de son contenu. Le mystérieux, l'insondable, l'intouchable coffre bleu qui m'a intriguée durant toute mon enfance, parce qu'il était toujours fermé à clé. Il était interdit de l'ouvrir, sous peine de punition grave. Petite fille, je n'osais même pas imaginer le genre de sanction qu'elle aurait pu m'infliger.

Craintive, je me suis approchée lentement du coffre, avec la clé retrouvée au fond de son sac à main, dans une petite pochette de velours où se trouvait également une statuette de la Vierge Marie.

21

J'avais peur de l'entendre me gronder. J'ai soulevé doucement le grand couvercle. Le silence était lourd, mais aucune réprimande n'est venue le briser. L'odeur de la naphtaline me montait au nez. C'était sans doute le meilleur remède pour empêcher les mites de transformer ma robe de baptême en gruyère.

Il y avait des boîtes contenant mes souvenirs d'enfance, plusieurs photographies, dont celles de mon père dans un camp de l'armée. J'ignorais qu'il avait fait son service militaire. Il y avait aussi des photos de ma mère prises par mon père, ici près d'un bateau ou assise sur le fuselage d'un avion, là appuyée sur une voiture en fumant une cigarette. Ces images traduisaient l'amour immense qu'il avait pour ma mère et constituaient une preuve de plus de leur évidente complicité, surtout lorsqu'elle fixait l'objectif.

Il y avait également quelques souvenirs de mon séjour à l'orphelinat. Une photo me montrait en compagnie d'une infirmière au regard tendre, à qui je souriais. Ces photos avaient sûrement été prises le jour où Armande et Maurice étaient venus me chercher. Ma mère gardait aussi dans ce coffre les papiers officiels de mon adoption. Je ne les avais jamais vus auparavant. On y lisait la date de mon départ de la crèche d'Youville, en avril 1956, sept mois après ma naissance. Je savais que j'avais été adoptée, mais je ne pensais pas avoir passé tant de temps dans cette institution.

Au fond du coffre, il y avait une boîte noire, de grandeur moyenne. À l'intérieur se trouvaient plusieurs images pieuses, un étui de velours contenant

un chapelet noir passablement usé par les mains qui l'avaient égrené, un missel écorné, de même couleur, des médailles de différents saints, dont saint Christophe et saint Joseph, et surtout beaucoup d'images et de petites statues de la Vierge Marie.

Au fond de la boîte, je découvris une photo de ma mère avec son frère Rosaire. Elle était vêtue en religieuse! Je n'en croyais pas mes yeux. Pourtant, c'était bien elle; je la reconnaissais, malgré son jeune âge! Le voilà sans doute, son grand secret… Mais il y avait d'autres secrets que la boîte ne tarderait pas à me livrer. Des papiers, rédigés en allemand, faisaient état de son arrestation. C'était à n'y rien comprendre et j'avais de la difficulté à me concentrer pour tenter de déchiffrer ce qui était écrit sur tous ces papiers jaunis par le temps. Sur l'un d'eux, ma mère était sommée d'obéir aux ordres, sous peine de mort.

Je venais de basculer dans un autre univers, celui de la Seconde Guerre mondiale. De nombreuses questions m'envahissaient sans que je puisse pour l'instant trouver les réponses adéquates. Comment ma mère avait-elle pu être engagée dans ce conflit? J'avais toujours cru, jusqu'à ce jour, que sa vie avait été, somme toute, assez tranquille.

Comme tout le monde, j'avais entendu parler de cette guerre inhumaine, j'étais au courant des atrocités commises, mais que ma propre mère ait été impliquée dans cette aliénation me bouleversait. Ma mère serait-elle une victime de la Seconde Guerre mondiale? Les papiers parlaient bien d'Armande Martel, ma mère adoptive. Ils

témoignaient de son arrestation par les Allemands, à Rennes, en Bretagne…

Une première question me vint : est-ce que ma mère était juive ? Et que faisait-elle en Bretagne ? Selon son certificat de baptême, elle était née à Chicoutimi, le 6 avril 1912. Heureusement, il y avait d'autres documents dans la boîte, qui pourraient apporter des réponses à mes questions sur sa présence en Europe.

Du coup, ma mère devenait une véritable héroïne, un personnage central de ce conflit. Je voyais ma mère en prisonnière rebelle, devenue par je ne sais quel hasard une résistante, une combattante. Je savais qu'elle possédait le caractère qui lui avait permis de sortir vivante de ce conflit.

Au fond du coffre, je découvris autre chose : une enveloppe volumineuse qui contenait quatre cahiers cartonnés, attachés avec un ruban blanc jauni par le temps. Sur chacun des cahiers, un même titre, écrit par ma mère : *Pour que toujours je me souvienne.*

Ma mère y avait joint une lettre qui m'était destinée.

Ma Lison,
Si cette lettre se retrouve entre tes mains, c'est que je ne suis plus là, puisque, de mon vivant, tu n'avais pas le droit de toucher à ce coffre bleu. Tu as sûrement ouvert la boîte que j'avais déposée sur l'enveloppe qui contient les cahiers, et découvert les deux passeports sans photos. J'ai arraché moi-même ces photos, pour t'empêcher de découvrir certaines choses.

À ton père, j'ai caché une partie de ma vie, surtout mes années de vie religieuse, que je voulais garder secrètes. Quand il est mort, j'ai décidé de t'écrire mon histoire à travers ces cahiers pour qu'après ma mort tu saches ce qu'aura été ma vie. Je te lègue donc mes secrets qui te permettront, je l'espère, de mieux comprendre certains de mes agissements.

Je ne sais pas où j'ai trouvé la force de vivre tout ce que je te raconte dans ces pages…

Je veux que tu saches que je t'aime et je souhaite que tu puisses t'en sortir dans cette vie si dure parfois. Profite de toutes les occasions de bonheur! C'est mon plus grand souhait.

En lisant mon récit, surtout ne pleure pas mon passé, je l'ai déjà pleuré. Je continuerai de veiller sur toi, ma Lison.

Maman

J'étais abasourdie et je savais, avant même de commencer à lire ces cahiers, que ma mère me léguait une histoire exceptionnelle.

Cette trouvaille me donna l'énergie nécessaire et la paix intérieure pour terminer la mission que je m'étais proposée : distribuer tous ses biens. Je pouvais enfin inscrire le mot « fin » sur sa vie. Son autre vie, celle qui était remplie de secrets, je l'emmenais avec moi, dans ce coffre bleu. C'était là un héritage qui n'avait pas de prix, un trésor que j'étais impatiente de découvrir.

*

J'ai transporté chez moi le gros coffre bleu métallique aux coins en laiton et l'ai installé dans ma chambre. Il avait fière allure au pied de mon lit. Je savais qu'il ne me quitterait plus, car il contenait l'essentiel de la vie de ma mère, que je commençais à découvrir.

Le soir même, j'ai entrepris la lecture des cahiers. J'ai débranché tout ce qui pouvait sonner, fermé les rideaux, verrouillé les portes. J'étais pressée et je n'ai même pas pris la peine de créer une ambiance propice à la lecture. Je suis restée enfermée pendant deux jours.

Au moment d'ouvrir le coffre, je fus prise d'un véritable vertige en pensant à ce que j'allais découvrir dans ses cahiers. Je m'apprêtais à vivre une expérience inoubliable en levant le voile sur une partie de l'existence de ma mère, demeurée secrète à ce jour.

J'ai toujours vu ma mère comme une femme ordinaire qui travaillait et vivait de façon modeste. Elle devait rentrer chez elle le soir, épuisée par sa journée. Je la croyais plongée dans une routine ennuyeuse. Il m'était arrivé à plusieurs reprises de lui poser des questions sur son passé, mais elle trouvait toujours mille et une façons de ne pas me répondre Je savais maintenant qu'elle avait certaines choses à cacher…

*

Puisqu'elle m'a invitée à le faire, je désire donc rendre publique cette histoire incroyable.

Armande sera notre guide, grâce à ses cahiers.

Bonne lecture ! On se retrouve plus tard.

PREMIER CAHIER

L'ENFANCE

Pour ma Lison

D'aussi loin que je me souvienne, j'ai toujours tenu un journal. L'écriture m'a apporté beaucoup de réconfort, elle m'a permis d'exprimer aussi bien mes joies que mes colères. Elle a aussi causé ma perte, puisque je ne pouvais m'empêcher de décrire ce qui se passait autour de moi.

Commençons par le début, avec mes grands-parents. Mon père, Onésime Martel, était fils de cultivateur. Il habitait la paroisse Saint-Wilbrod, à Hébertville-Station, au Lac-Saint-Jean. En juin 1908, il épousa l'institutrice du village, ma mère, Virginie Martel.

Un an plus tard, tous les deux s'installèrent à Chicoutimi, dans le quartier du Bassin, une ville essentiellement ouvrière où l'on a construit, sur la rivière Chicoutimi, deux usines de production de pâtes et papiers, qui devinrent les plus grandes industries du Saguenay.

Mon père fut embauché dans l'une de ces usines. Il faut dire que les chantiers de construction abondaient. Il y avait tellement de travail dans le village. La compagnie fit construire des maisons pour ses employés, afin qu'ils puissent y vivre avec leurs familles. Mes parents louaient l'une de ces habitations. Il s'agissait de petites maisons de bois, toutes fabriquées selon le même modèle. Pour que l'on reconnaisse la nôtre, ma mère avait placé une caisse de bois peinte en bleu sur la galerie.

Je suis née dans la paroisse Sacré-Cœur, le 6 avril 1912, trois ans après la naissance de mon frère Armand, le premier enfant de la famille qui n'a survécu que quelques mois. Je ne connais pas la raison de sa mort prématurée, mais le chagrin de ma mère a dû être immense, puisqu'elle m'a appelée Armande. Un troisième enfant est né, Rosaire, puis une fille, qui est morte, elle aussi, quelque temps après sa naissance. Puis en 1918 est arrivé un autre frère, Louis-Georges. Maman est morte de la grippe espagnole quelques mois après sa naissance. Elle avait trente-trois ans, j'en avais six. Je me souviens que son état de santé s'était détérioré en quelques heures. Elle semblait en pleine forme puis, l'instant d'après, elle était alitée, suant à grosses gouttes, toussant et incapable de respirer normalement. Elle est décédée deux jours plus tard.

Mon père fut dévasté. Il pleura beaucoup. On aurait dit qu'il nous avait oubliés tellement il était désespéré. Sa seule préoccupation était de nous empêcher de jouer dehors, à cause de l'épidémie. Comme la majorité des gens autour de nous pensaient que tout le monde était contaminé, personne n'allait à l'extérieur.

Je me rappelle avoir vu nos voisins sortir sur des brancards. En fait, tous les membres de la même famille sont partis ainsi pour l'hôpital et on ne les a jamais revus. Les gens se couvraient la bouche avec un masque et nous avions très peur. Je me souviens que mes frères, Rosaire, quatre ans, et Louis-Georges, six mois, pleuraient sans arrêt.

Alice, la sœur de mon père, a pris notre famille en charge. Mon père l'avait surnommée «la Corneille», en raison de ses cheveux si noirs. Elle avait un air très sévère qui me donnait la frousse.

Lorsqu'elle arriva chez nous, elle craignait beaucoup d'attraper le virus, aussi portait-elle un morceau de tissu devant son visage et elle ne touchait qu'au bébé. Elle était presque toujours de mauvaise humeur et d'une impatience chronique. Elle nous faisait bien sentir que nous étions une corvée pour elle. Inutile d'expliquer pourquoi je ne l'aimais pas.

J'étais profondément attristée de la mort de ma mère et je pleurais beaucoup. Ma tante Alice ne me procurait aucun réconfort. Jamais elle ne nous a serrés dans ses bras pour nous consoler. Je m'ennuyais des caresses de ma mère, pour qui j'avais été l'enfant désirée, qui avait survécu, la prunelle de ses yeux.

Un soir, après le repas, Alice déclara à son frère qu'elle n'avait plus la force de nous élever, étant donné qu'elle-même avait déjà trois enfants. Elle acceptait de garder mes deux frères parce que ses deux filles, plus vieilles, pouvaient veiller sur eux, mais pas question de s'occuper de moi. Mon père ne savait pas quoi faire. Il n'y avait personne d'autre dans la famille qui pouvait prendre soin de nous. Alice lui suggéra de me placer à l'orphelinat tenu par la communauté religieuse des Augustines de la Miséricorde. Elle lui accorda une semaine pour se décider.

N'ayant que six ans, je ne pouvais m'occuper de mes frères. Ma tante avait tenté de m'enseigner comment entretenir une maison, mais j'étais beaucoup trop jeune pour préparer les repas et m'occuper des enfants, pendant que mon père travaillait. La seule chose que je savais faire, c'était de calmer le plus jeune quand il pleurait, pour qu'Alice ne s'énerve pas. Mon père travaillait six jours par semaine; on ne le voyait presque plus. C'est à cette époque qu'il a commencé à boire, après sa journée de travail. Lorsqu'il rentrait le soir, nous étions déjà couchés.

Alors, ce qui devait arriver arriva. Quelques jours après qu'Alice eut parlé à mon père de l'orphelinat, elle me réveilla plus tôt que d'habitude, laissant les autres dormir. Elle me donna un bain, me lava les cheveux, puis m'habilla avec des vêtements propres. Pendant ce cérémonial, elle me parla d'une voix sans émotion. Elle m'apprit que je devais aller vivre ailleurs pour un moment et que dorénavant ce serait des religieuses qui veilleraient sur moi.

«Ces femmes, me dit-elle, sont les épouses du Petit Jésus, celui-là même que tu pries tous les soirs pour ta maman. Elles s'occupent des malades et des enfants qui ont perdu leurs parents. Pour toi, ce sera comme aller à l'école, mais chaque soir tu y dormiras pour te permettre d'arriver plus tôt en classe.» Elle me brossa un tableau détaillé de ce que serait ma vie au couvent, en vantant les bons repas que j'allais prendre et les amies que je m'y ferais. Pour se libérer de ses remords, elle essaya de me convaincre que je devais m'estimer chanceuse que l'on m'offre une nouvelle vie où je pourrais apprendre les matières scolaires, insista-t-elle, puisque même ses propres enfants n'auraient pas droit à cette éducation.

Je me rappelle que je n'étais guère excitée par ce projet. Premièrement, je ne comprenais rien à ce qu'elle me racontait puisque je n'avais jamais vu une religieuse de ma vie. Le Petit Jésus, pour moi, ce n'était qu'un homme avec une barbe sur une illustration accrochée au mur de la cuisine, devant laquelle maman nous demandait de nous agenouiller tous les soirs, sans jamais vraiment nous expliquer qui il était. Par ailleurs, je ne savais rien de l'école puisque personne, dans mon entourage, n'y était jamais allé. Je sentais que quelque chose sonnait faux dans son discours parce que, pendant ses explications, jamais elle n'avait osé me regarder dans les yeux. Elle termina son monologue en me disant que mon départ était temporaire. J'ignorais alors que je ne remettrais plus jamais les pieds dans sa maison, ni dans la mienne d'ailleurs. À la fin de mon petit-déjeuner, mon père vint me chercher et il m'emmena à l'orphelinat.

Quand j'aperçus l'immense bâtisse grise, je fus effrayée. Mon père dut me prendre dans ses bras car je ne voulais plus avancer. Je m'accrochais à son cou si fort qu'il arrivait à peine à respirer. Je pensais que plus je resserrerais mon étreinte, moins on pourrait m'arracher de ses bras. Je sentais qu'il se tramait quelque chose de grave.

En entrant dans le grand édifice, la première chose qui me frappa fut l'odeur de cire et de désinfectant, qui me donna des haut-le-cœur. On nous fit passer dans un bureau pour y rencontrer la mère supérieure. Mon père tenta d'expliquer pourquoi il avait décidé de m'envoyer dans cette institution, mais je comprenais, à travers ses paroles, que ma tante ne voulait plus de moi. Cela venait confirmer qu'Alice me détestait. J'ai senti monter en moi une tristesse profonde et, surtout, un immense sentiment d'abandon.

Quand il s'est levé pour serrer la main de la religieuse, je me suis mise à hurler et j'ai vomi mon déjeuner sur le plancher. Après m'avoir essuyé la bouche avec son mouchoir, mon père a voulu m'embrasser avant de partir. Je me suis jetée par terre en m'accrochant à sa jambe. Il ne pouvait plus avancer, et pour rien au monde je ne voulais lâcher prise, comme une noyée qui s'agrippe à sa bouée.

La mère directrice agita une cloche et sœur Marguerite apparut aussitôt pour lui prêter mainforte. La religieuse réussit à dégager mes bras des jambes de mon père en me parlant doucement et en me caressant la nuque. Mon père pleurait également. Il est finalement parti sans se retourner.

Sœur Marguerite m'emmena dans un petit parloir afin que mes cris n'ameutent pas tout l'étage. Pendant que je me roulais encore par terre, la douce sœur Marguerite s'agenouilla près de moi sans arrêter de caresser mes cheveux. Elle savait déjà que j'avais tout un caractère.

Au bout de quelques minutes, sa voix réconfortante réussit à me calmer. Depuis la mort de ma mère, jamais je ne m'étais sentie aussi en confiance. Je me laissai bercer dans ses bras et, toutes les deux, nous sommes restées dans cette position jusqu'à ce que ma peine s'atténue.

Ma nouvelle amie me fit ensuite visiter le couvent. Je la tenais très fort par la main. J'étais impressionnée par la hauteur des plafonds. Les portes, en bois verni et sans fenêtre, me paraissaient infranchissables.

D'escaliers en corridors, nous sommes arrivées devant une autre porte immense que la religieuse a ouverte. Ce que j'ai vu devant moi m'a figée sur place. Un énorme crucifix était accroché au mur blanc devant lequel étaient alignés une trentaine de petits lits en fer-blanc. À côté de chaque lit, on avait placé une chaise et un bol pour la toilette. Au fond du vaste dortoir, derrière un rideau blanc, on pouvait apercevoir une étroite pièce avec un lit plus grand, pour la sœur surveillante.

Sœur Marguerite était au courant que j'avais perdu ma mère et elle voulait visiblement me consoler, surtout après que mon père m'eut abandonnée entre ses mains. Elle fouilla dans une armoire et me donna une vieille poupée, qui avait dû appartenir à une ancienne pensionnaire, pour briser la solitude dans laquelle j'étais plongée depuis peu. Elle m'expliqua que ma mère était au ciel, maintenant, que cette poupée pourrait dormir avec moi et m'aiderait à être moins triste. Je serrai la poupée dans mes bras comme s'il s'agissait de l'objet le plus important de ma vie.

Puis je l'ai déposée, avec mon baluchon, sous le lit qu'elle m'avait assigné, et nous avons poursuivi la visite des lieux. J'ai suivi docilement cette femme qui avait su gagner ma confiance et qui faisait un drôle de bruit en marchant avec sa grande robe noire.

On sonna le repas de midi. Alors commença pour moi le premier jour d'une routine quotidienne et ennuyeuse, qui allait durer une vingtaine d'années.

Tous les jours, la cloche sonnait le réveil, à 5 h 30 du matin. Il fallait aussitôt faire son lit en silence, en marchant pieds nus sur le plancher glacé.

Ensuite, nous enfilions l'uniforme noir surmonté d'un collet blanc. Avant notre toilette, il fallait nous agenouiller au bout du lit et prier. Je devais bien souvent utiliser le pot de chambre sous mon lit, car je ne pouvais me retenir. Toutes les filles me voyaient et, surtout, elles entendaient le bruit que je faisais en urinant. Inutile de dire que leurs moqueries étaient très humiliantes. Mais toujours la voix de la religieuse les rappelait à l'ordre : « Silence, mesdemoiselles, et dépêchons ! » J'ai tellement entendu cette phrase qu'au bout de quelques mois je n'y prêtais plus attention.

Nous nous dirigions ensuite dans une salle, tout au bout du dortoir, avec notre bassine de faïence, pour y faire notre toilette. Nous nous lavions jusqu'à la taille seulement, et il était interdit d'enlever notre camisole. Nous devions passer la débarbouillette de toile sur notre corps, sans jamais nous regarder ni regarder nos voisines. La camisole, trempée et glacée, mettait une heure à sécher sur notre corps.

Il nous fallait ensuite assister à la messe et communier. Après, nous avions droit au déjeuner, composé d'un gruau refroidi et pâteux.

Puis commençaient les cours. J'étais avide d'apprendre. Regarder et toucher les livres, voir des images, découvrir les chiffres, utiliser un crayon : tout était nouveau pour moi. J'étais rarement triste pendant les jours d'école. Le temps passait rapidement, et je n'avais guère le loisir de penser à autre chose.

Avant le repas du soir, il y avait une période d'étude. Au souper, on nous servait presque immanquablement un bouilli de légumes avec une demi-tranche de pain. Pendant le repas, une religieuse lisait des extraits de textes bibliques, puis venait la cérémonie des vêpres. Il n'y a pas à dire, notre vie s'apparentait déjà à celle des religieuses. Nous nous couchions à 19 h 30, non sans une ultime période d'étude.

Avec le temps, le couvent devint pour moi un cocon réconfortant et la communauté religieuse, ma famille.

Au début, j'éprouvais quelque difficulté avec la discipline. J'étais une rebelle dans l'âme et je ne faisais pas toujours ce qu'on attendait de moi. Ainsi, j'exigeais souvent qu'on m'explique pourquoi il m'incombait d'exécuter telle ou telle corvée. Sœur Marguerite venait alors à ma rescousse et tentait de me calmer. Je ne voulais tellement pas la décevoir que le simple fait de prononcer son nom me ramenait à l'ordre. Mais j'étais, somme toute, une bonne élève, avec un immense désir d'apprendre, malgré mon petit caractère…

Je me fis de bonnes amies qui m'accompagnèrent jusqu'à l'adolescence. Plusieurs d'entre elles quittèrent le couvent parce qu'elles étaient désormais en âge d'aider leur famille. J'avais un pincement au cœur chaque fois qu'une amie partait. Et je ne pouvais m'empêcher de penser à ma famille. Depuis le jour où il m'avait confiée aux religieuses, mon père n'était venu me voir qu'une fois, à peine quinze minutes, et son haleine empestait l'alcool. Il m'a donné des nouvelles de mes frères, que je n'avais pas revus depuis mon départ de la maison. Cette visite m'a profondément consternée. J'avais douze ans et je me souviens d'avoir éprouvé une grande colère. J'accusais mon père de n'être qu'un faible. Il n'avait pas su prendre ses responsabilités pour s'opposer à ma tante. Pourquoi mes frères, eux, avaient-ils pu demeurer au sein de la famille? C'était une terrible injustice.

Finalement, je ne souhaitais plus recevoir la visite de mon père, puisqu'il ouvrait une plaie qu'il m'était difficile de panser par la suite. Quand je devenais nostalgique en pensant à ma famille, j'en parlais à sœur Marguerite, qui m'écoutait et m'expliquait certaines choses. Je pouvais m'endormir, rassurée jusqu'à la prochaine fois.

Forcément, j'ai connu une adolescence tranquille. J'ai participé à toutes les tâches qu'on me demandait d'accomplir. On m'a enseigné l'entretien ménager, la cuisine et la couture, à la manière des religieuses, c'est-à-dire avec application et perfection. J'apprenais très vite. J'étais surtout douée pour la couture. Dans mon temps libre, je m'y adonnais. Petit à petit, la couture est devenue une passion. C'est moi qui devais réparer les vêtements usés qu'on distribuait ensuite aux gens de la paroisse. Je m'occupais des coutures, des ourlets et des autres modifications. Souvent, je rêvais de confectionner une robe et de choisir moi-même le patron. Très tôt, j'ai su que coudre ferait partie de ma vie. D'ailleurs les religieuses me disaient souvent que j'étais meilleure dans les travaux manuels que dans les études.

À seize ans, plus précisément en 1928, j'ai fait une rencontre marquante. Il m'arrivait d'accompagner les religieuses à l'extérieur du couvent quand elles prêtaient main-forte aux Pères Eudistes, à qui l'évêque de Chicoutimi avait confié la paroisse Sacré-Cœur, en 1903. Le curé et le vicaire étaient deux pères eudistes français exilés au Canada en raison de la situation précaire des congrégations religieuses en France. Pour la bonne marche du presbytère et pour aider la communauté, un des pères avait ramené avec lui, lors d'un voyage à Rennes, trois religieuses de la congrégation des Sœurs Sainte-Marie de la Présentation : sœur Wenseslas, sœur Romuald et sœur Adolphine. Cette dernière est devenue, avec sœur Marguerite, ma grande confidente et mon mentor. Elle n'a eu de cesse de m'encourager, de me réconforter et, au besoin, d'apaiser mes tourments.

J'aime croire que notre rencontre n'était pas fortuite et que cette religieuse avait été choisie pour m'accompagner durant la deuxième partie de ma vie. Sœur Adolphine découvrit, elle aussi, que j'étais douée pour la couture, et elle m'encouragea à persévérer. Elle m'apprit la haute couture, comment tailler un patron et confectionner des vêtements. Je m'y appliquai avec enthousiasme. Pour la première fois de ma vie, je réalisai que j'étais enfin heureuse.

Sœur Adolphine s'exprimait en français avec un accent breton, une musicalité qui donnait une nouvelle saveur à mon quotidien. J'essayais même d'imiter son accent, ce qui la faisait rire. J'étais fascinée par la distance qu'elle avait parcourue pour venir jusqu'à nous.

Je la questionnais souvent sur son pays. J'ai dû l'importuner plus d'une fois, mais ses réponses me comblaient et me donnaient l'envie de voyager.

Ce désir était tout nouveau pour moi, même si mes lectures me faisaient découvrir de nouveaux horizons. Jusqu'à ce jour, je n'avais jamais eu l'idée de partir. Cependant, mes conversations avec la religieuse venue de loin m'incitaient à explorer d'autres territoires que l'environnement qui m'était familier. D'ailleurs, mes études allaient s'achever très bientôt, et je devrais quitter l'institution religieuse.

Les sœurs augustines ne me montraient pas la porte, mais elles me pressaient de penser à mon avenir. Avec tout ce que la congrégation avait fait pour moi, il serait juste de payer mon dû en devenant membre de la congrégation, disaient-elles. À dix-sept ans, donc, je parlai à sœur Adolphine de mon désir de prendre le voile à l'intérieur de la même communauté que la sienne. Je lui signifiais ainsi toute l'admiration que je lui vouais.

La religieuse fut ravie de cette confidence, mais elle voulut que je participe, préalablement, à une retraite obligatoire pour les novices. Cette retraite me permettrait de bien réfléchir et de savoir si vraiment je sentais l'appel de Dieu. Elle me suggéra quelques pistes de réflexion, comme de bien songer au fait qu'en intégrant les rangs de la communauté je renoncerais aux joies de la maternité. Je devais également me demander si mon amour pour Dieu était assez puissant pour accepter tous les déchirements sans succomber aux regrets pour le restant de mes jours. «Car des regrets, me dit-elle, tu en auras toujours à un moment ou un autre.»

Ai-je assez prié Dieu de me guider dans la voie que je pense la mienne? Suis-je prête à faire preuve d'un esprit de pénitence et d'effacement et à glorifier Dieu en tout temps? Bref, suis-je vraiment disposée à mener une vie aussi austère?

J'étais beaucoup trop jeune pour me rendre compte de tout ce qu'impliquait une telle décision. Ces questions me semblaient, pour l'instant, abstraites. Je n'en comprenais pas vraiment tout le sens ni, surtout, la portée. N'ayant connu que le couvent, je considérais cette vocation comme une profession où je pouvais approfondir mes talents de couturière tout en continuant à vivre en communauté, une existence qui avait toujours été la mienne.

Pour me rassurer, je redemandai tout de même à sœur Adolphine ce que l'on ressent précisément lorsqu'on se croit appelée. Elle me répondit que je le saurais, si j'avais été pressentie, mais peut-être que l'appel ne s'était pas encore fait entendre, me précisa-t-elle.

Elle m'expliqua aussi que, pour entrer dans sa congrégation, il fallait remplir certaines conditions. Tout d'abord, il était nécessaire d'apporter une dot, comme lorsqu'une femme se marie. En 1929, cette somme pouvait atteindre 750 dollars. Par contre, on n'avait jamais refusé une candidate faute d'argent. Ensuite, je devais accepter d'aller faire mon noviciat à la maison mère de la congrégation, en Bretagne. Si je n'avais pas l'argent de la dot, il me faudrait à tout le moins l'argent pour le voyage. J'étais désespérée, car je ne m'attendais pas à ce qu'entrer en religion soit si compliqué.

Constatant mon désarroi, sœur Adolphine vint à mon secours une nouvelle fois. Si mon désir était sincère, me dit-elle, il y avait peut-être une solution. Elle prit rendez-vous avec un des vicaires de la paroisse. Ce dernier avait mis sur pied la Société Sainte-Marthe, qui venait en aide aux jeunes filles dans le besoin. On accepta aussitôt de m'aider à amasser des fonds. Trois mois plus tard, la Société Sainte-Marthe me remit la somme de 175 dollars. C'était un exploit, surtout en temps de crise. Un couple très fortuné de Chicoutimi figurait parmi mes bienfaiteurs. Ce montant me permettrait de payer mon voyage, soit 27 dollars pour la traversée de l'Atlantique et quelques dollars supplémentaires pour mes déplacements et mes dépenses personnelles. Je remis le reste à la communauté. Je n'avais jamais cru, même en rêve, que ce voyage pourrait se réaliser.

J'avais vraiment de la chance de pouvoir vivre une telle aventure dans un autre pays que le mien. Mais je n'y croirais vraiment que lorsque le jour du grand départ arriverait. Le temps s'écoula lentement, trop lentement.

LE DÉPART POUR L'EUROPE

Une semaine avant le début de cette aventure, je ne tenais plus en place. Les préparatifs du départ étaient complexes et j'avais beaucoup de mal à me calmer. À plusieurs reprises, les religieuses durent me rappeler à l'ordre. Je parlais trop fort, je riais pour rien. Mais comment pouvait-on demeurer calme avant d'entreprendre un projet si grandiose ? L'expérience que je m'apprêtais à vivre était des plus extraordinaires pour une jeune fille comme moi, sans véritable préparation.

De toute ma jeune vie, je n'avais connu que des voitures à chevaux. Or, pour effectuer ce long périple qui me conduirait au port de Saint-Malo, en France, je devais prendre une voiture à moteur, un train et un transatlantique !

Les deux nuits qui précédèrent mon départ, je n'arrivai pas à trouver le sommeil. J'essayais d'imaginer les différentes étapes de mon voyage, sans trop y parvenir. Tout était confus et abstrait, je n'avais vu les trains, les paquebots et la mer qu'en photo.

La veille du départ, je restai éveillée toute la nuit. Je vérifiai, deux fois plutôt qu'une, le contenu de ma valise, qui était pourtant fort mince : quelques sous-vêtements, une tunique noire et une blouse blanche identique à celle que je portais tous les jours, deux cahiers, un crayon, des images saintes, deux couvre-chefs de coton blanc qu'il fallait porter pour identifier celles qui commençaient leur noviciat. J'emportai également la vieille poupée que sœur Marguerite m'avait donnée à mon arrivée au couvent et une lettre personnelle écrite de sa main.

Je la relirais souvent, tout au long de ma nouvelle vie. Elle me souhaitait bonne chance. En Europe, me disait-elle, je pourrais parfaire mon apprentissage de la couture, car c'était l'un des meilleurs endroits au monde pour se perfectionner. En Bretagne, par ailleurs, j'apprendrais la dentelle, si je le désirais. Elle me rappelait tout l'attachement qu'elle éprouvait pour moi et m'assurait qu'elle me garderait toujours dans son cœur. Je pleurais en lisant ces mots. Sœur Marguerite a été une femme très importante dans ma vie. Elle fut, en somme, ma deuxième mère.

Le 15 octobre 1930, j'avais dix-huit ans et j'étais prête pour le premier jour du reste de ma vie.

La cloche annonça, comme tous les matins, le réveil de 5 h 30. Les deux pères eudistes ainsi que sœur Romuald, qui nous accompagneraient pendant le voyage, arriveraient à 7 heures. Deux autres postulantes de Chicoutimi partaient avec moi, pour faire leur noviciat en Europe : sœur Éva Tremblay et sœur Thérèse Martel, une cousine que je n'avais jamais vue.

Je fis ma toilette, déjeunai le plus rapidement possible, puis me dirigeai vers la chapelle pour prier avant mon départ. Je remis mon destin entre les mains de Dieu et de la Vierge Marie, en qui j'avais une confiance absolue. Je leur demandai de me guider dans ce monde totalement inconnu. Je leur confiai mon inquiétude. Je ne serais plus à l'abri comme au couvent, je serais plongée dans le monde extérieur pendant plus d'une semaine. Les religieuses m'avaient en effet parlé d'un voyage d'une dizaine de jours. Je serais donc en contact avec énormément de gens. « Comment dois-je agir en société ? C'est pour cela que je vous demande, mon Dieu et bonne Sainte Vierge Marie, de me protéger pendant cette belle odyssée. »

Je courus ensuite au dortoir même si c'était interdit, j'attrapai ma valise, me rendis à la porte d'entrée du couvent et attendis le plus sagement possible. Il était 6 h 30. Deux religieuses qui discutaient dans le hall s'approchèrent pour me rappeler que les pères n'arriveraient que vers 7 heures. Je leur répondis que le temps passait trop lentement et que je préférais les attendre devant la porte. J'étais certaine qu'ainsi ils ne m'oublieraient pas.

Quinze minutes plus tard, les deux autres postulantes vinrent me rejoindre sur le pas de la porte. Elles étaient aussi fébriles que moi. Nous nous donnâmes la main. Il fallait garder notre calme et surtout ne pas crier.

La mère supérieure vint nous faire ses dernières recommandations. Elle nous mit en garde contre les étrangers et nous fit promettre de ne jamais nous éloigner de la religieuse qui nous accompagnait, notre responsable pendant le voyage. Elle nous donna également nos papiers légaux, qui nous permettaient de voyager outre-mer sous tutelle, car nous étions encore trop jeunes pour avoir nos propres passeports.

De l'extérieur nous est parvenu un drôle de bruit. Nous nous sommes retournées en même temps pour apercevoir la voiture, toute noire et brillante, avec ses quatre pneus à flanc blanc. Je n'en revenais pas. L'automobile qui allait nous conduire à la gare était tout simplement magnifique. Six personnes pouvaient y monter.

Je m'installai sur le siège arrière et demeurai immobile. Seuls mes doigts bougeaient en caressant le velours doré de la banquette. Je n'osais plus respirer tant l'excitation était grande. J'avais peur de perdre ce moment unique. J'essayai de me faire toute petite pour être certaine que personne ne me demanderait de descendre. Quelqu'un me parla, mais je ne répondis pas. Dans mon énervement, j'avais oublié ma valise. J'avais juste envie que l'automobile démarre. Le chauffeur mit le contact, puis nous partîmes. L'immense voiture roulait tout en douceur. Nous sentions à peine les trous et les cailloux de la route, et cela nous étonnait, habituées que nous étions aux voitures à chevaux qui nous secouaient énergiquement lorsqu'elles rencontraient un tout petit obstacle sous leurs roues.

J'anticipais déjà le moment où l'on nous inviterait à descendre. Le chauffeur avait laissé sa fenêtre entrouverte et je sentais le vent frisquet d'octobre sur mes joues. Je fermai les yeux, et un grand bonheur m'envahit. Je savais qu'à partir de ce moment-là j'aimerais toujours les balades en automobile.

Une demi-heure plus tard, nous arrivâmes à la gare. Je descendis de la voiture le cœur gros. J'aurais voulu que le voyage dure plus longtemps. Un des pères partit chercher les billets. On me tendit ma valise en m'avertissant de faire attention à ne plus la perdre. Je voyais pour la première fois le quai, ce qui augmentait mon excitation.

Le train pour Québec n'allait pas tarder à entrer en gare, à l'heure prévue. Si déjà je trouvais l'automobile énorme, la locomotive était encore plus saisissante de par son interminable longueur et sa hauteur d'au moins deux étages. Je fus impressionnée par son sifflet annonçant son entrée en gare. Dès que ce fut possible, je grimpai l'escalier étroit de trois marches menant au wagon où nous devions nous installer et je regardai derrière moi pour admirer la gare de mon nouveau point de vue.

Le plafond et les murs du wagon étaient en métal tandis que les sièges, de chaque côté, étaient recouverts de cuirette noire. Certaines banquettes nous permettaient même de nous asseoir face à face. Après la grosseur de la locomotive, c'est, je crois, ce qui m'a le plus étonnée. Je ne sais pas ce qui m'a pris, mais j'ai couru pour réserver une place sur une de ces banquettes. Surpris par ma réaction, le père me demanda d'être un peu moins expressive et d'essayer de me calmer. Il me rappela que, au nombre d'heures que nous passerions dans le train, j'aurais amplement le temps d'essayer tous les sièges, si je voulais.

Lorsque, un peu plus tard, je pénétrai dans le wagon-restaurant, je dus me contrôler une fois de plus, et je suis demeurée bouche bée. Incapable d'avancer dans l'allée et de me trouver une place, je suivis docilement la religieuse qui me saisit le bras et me fit asseoir près d'elle, à la table. Je n'en revenais tout simplement pas! Nous pouvions manger, assises à une table, pendant que le train roulait. Et, qui plus est, en admirant le paysage qui défilait sous nos yeux. Je n'ai pas raté une seconde de ce premier voyage qui dura cinq heures. J'ai vu défiler des lacs, des forêts, des fermes, des animaux; c'était comme un livre d'images qui changeait de page en page. À notre arrivée à Québec, nous avons aperçu la gare au loin, avant d'y pénétrer lentement. On aurait dit qu'on entrait dans un château encerclé de tourelles. Et je n'avais encore rien vu! Il me restait à découvrir la gare Windsor à Montréal et la gare de New York.

À un certain moment, j'ai oublié où j'étais. La fatigue m'avait gagnée, bien évidemment, mais il y avait aussi toute cette fébrilité autour de mes nombreuses découvertes. Je me serais crue dans un rêve éveillé, trop gigantesque pour être vrai. Je suis devenue une simple spectatrice, ne vivant plus le moment présent, comme si, dans mes yeux, il n'y avait plus de place pour de nouvelles images. J'avais de la difficulté à tout assimiler. Les pères qui nous accompagnaient nous ont donné un véritable cours d'histoire, prenant le temps de nous expliquer ce que nous voyions par les fenêtres du wagon. Mon cerveau se remplissait de toutes ces explications, et j'en étais bouche bée.

J'ai retrouvé mes esprits dans la voiture qui nous a conduits de la gare au port de New York. Cette automobile s'appelait un taxi. Je me souviens d'avoir aimé tout de suite le mot « taxi ». Ça sonnait dans mes oreilles comme une langue étrangère.

Ce qui m'a d'abord frappée lorsque j'ai vu New York, c'est, bien évidemment, le grand nombre de gratte-ciel. Mais, surtout, j'étais étonnée de voir les constructions serrées les unes contre les autres sur une île beaucoup plus petite que le territoire du Saguenay–Lac-Saint-Jean. Encore une fois, les pères sont venus à mon secours. Ils m'ont expliqué que, si on trouvait une telle densité d'édifices à cet endroit, c'était que le sol s'y prêtait, ce qui ne serait pas possible à l'extérieur de ce périmètre.

En arrivant au port, nous avons aperçu le majestueux paquebot *France*, à bord duquel nous traverserions l'Atlantique. C'était le seul paquebot possédant quatre cheminées. Rien à voir avec les photos de bateaux que j'avais vues au couvent. J'en eus le souffle coupé, une fois de plus, et j'eus envie de pleurer tant l'émotion était grande. Mes camarades de voyage éprouvaient, de toute évidence, les mêmes sensations.

On nous a ensuite raconté comment se déroulerait l'embarquement, mais nous n'entendions rien aux explications des pères, tant nous étions excitées. Nous avons rejoint la file d'attente sans trop savoir où nous nous dirigions. Il était 8 h 30, ce 17 octobre, et la presque orpheline Armande Martel s'apprêtait à monter à bord du majestueux paquebot *France*. Moi qui m'étais résignée à vivre enfermée dans un couvent pour le reste de mes jours, je partais vers un autre destin. Cela me paraissait irréel. Je n'avais pourtant qu'exprimé à sœur Adolphine mon désir d'entrer en communauté. Je n'aurais jamais pensé me retrouver plongée au cœur d'une telle expédition.

On nous guida à travers les corridors jusqu'à l'endroit qui nous avait été réservé. L'espace comportait un grand salon et deux cabines attenantes, dont l'une, meublée de lits superposés, était réservée pour nous, les postulantes et la religieuse.

L'excitation était à son comble, et j'en oubliai les bonnes manières. Sans consulter les autres, je manifestai ma préférence à dormir dans la partie supérieure. Heureusement, personne ne s'y opposa, et je m'y installai. Du haut de mon lit, j'aperçus la cuvette de la toilette et le minuscule lavabo adjacent. Il y avait même une porte, derrière laquelle il nous serait possible de nous laver en toute intimité. Je n'en revenais pas et commençais à comprendre ce que le mot «luxe» signifiait. Par contre, les pères qui nous accompagnaient affirmaient que le bateau s'était quelque peu détérioré depuis la dernière fois qu'ils y avaient voyagé, quelques années auparavant, même s'il conservait encore un certain lustre. Mais pour moi, c'était le plus beau bateau au monde et je préférais ignorer leurs commentaires.

Après nous être installés rapidement, nous sommes sortis pour visiter les ponts. De nombreuses chaises longues y étaient alignées et je décidai de m'y étendre quelques secondes. Aussitôt, on me rappela à l'ordre. Appuyés au bastingage – que j'avais appelé la «rampe du balcon» –, nous avons observé l'activité du port. De nombreuses voitures venaient déverser leurs lots de nouveaux passagers qui s'empressaient de monter la passerelle, tandis que des employés poussaient les chariots chargés de bagages, de victuailles et de bouteilles de toutes sortes.

À mes côtés, un couple était en pleine discussion. La dame se disait préoccupée par ce voyage en mer parce qu'elle avait encore en tête l'histoire du *Titanic* qui avait coulé en 1912, l'année de ma naissance. Son mari tentait de la rassurer et lui expliquait que le naufrage était attribuable, en partie, à une erreur humaine. Cet argument sembla la rassurer, tout comme moi, d'ailleurs. Je n'avais aucune envie de faire le voyage dans la crainte qu'il nous arrive un malheur.

Nous avons poursuivi notre visite des ponts, de bâbord à tribord. Il y avait un endroit réservé aux « bains de soleil », mais son accès nous était interdit, bien évidemment. Outre le pont principal, nous avons compté six autres ponts. Au centre du bateau se trouvait un magnifique escalier, aux rampes de fer forgé, qui reliait le pont promenade au pont supérieur. Il y avait également deux ascenseurs qui permettaient l'accès aux étages supérieurs.

Nous avons pénétré dans un grand salon luxueux. Assis sur des chaises recouvertes de velours, autour de petites tables, des gens discutaient en buvant du café, du thé et des boissons alcoolisées. La salle à manger attenante était des plus majestueuses avec ses lustres en verre, ses nappes blanches immaculées et sa vaisselle en porcelaine. Nous n'aurions pas la chance de la voir, le soir, briller de ses mille feux avec ses convives en tenue de soirée, puisque nous mangerions dans la cabine. J'imagine que le spectacle devait être féerique. Nos chaperons n'ont pas voulu nous montrer l'immense salle de bal, car ils tenaient, j'imagine, à nous éloigner de la tentation du péché.

Nous nous sommes ensuite installés à la cafétéria et j'y ai mangé, pour la première fois de ma vie, un sandwich au jambon tout à fait délicieux.

On annonça que le bateau partirait dans une heure. En attendant ce moment, les postulantes et moi en avons profité pour échanger nos premières impressions, tandis que les pères discutaient avec d'autres passagers. La journée était magnifique et plutôt chaude en ce milieu d'octobre. On rapportait que les cales étaient enfin remplies et que bientôt une sirène annoncerait le départ. Heureusement qu'on nous avait prévenues, sinon nous aurions toutes sursauté en entendant le son strident de cette sirène. Puis les moteurs se sont mis bruyamment en marche, laissant échapper une odeur désagréable de mazout. Éva Tremblay se montra fort incommodée par cette odeur, je crus même qu'elle allait s'évanouir.

Tous les passagers se sont retrouvés sur les ponts pour assister aux grandes manœuvres du départ, qui était spectaculaire. Le navire se détacha lentement des docks et, devant lui, commença la danse des remorqueurs qui nous halèrent jusqu'au large, étant donné que les moteurs ne pouvaient tourner à plein régime en eau si peu profonde. Le *France*, selon ce que nous avions pu apprendre des conversations autour de nous, était le troisième paquebot le plus rapide de l'Atlantique Nord.

Je me sentais soudainement très petite au milieu de cette immensité d'eau semblable à l'encre noire, me demandant par quel phénomène une chose aussi gigantesque arrivait à flotter. Lorsque les côtes disparurent à l'horizon, je paniquai quelque peu. Le troisième jour, une tempête sous-marine secoua le bateau pendant plusieurs heures, et je crus que la mer allait nous engloutir sans grand effort. Le *France*, hier si gigantesque dans le port, ressemblait maintenant à une petite barque de papier face à la furie de la mer. Éva, qui n'avait encore rien avalé depuis le départ de New York, se sentait de plus en plus mal. Le docteur lui conseilla de manger, même en demeurant étendue dans sa couchette. Il fallait que son estomac se remplisse, ce qui provoquait un effet de balancier et empêchait les haut-le-cœur. Mais ça ne fonctionnait pas avec elle. Quant à moi, dès que la mer était calme, je sortais sur le pont. L'air du large me faisait énormément de bien. Et avec le froid qui régnait à l'extérieur, il y avait peu de passagers sur le pont; personne, donc, ne m'importunait.

Au moment d'approcher des côtes européennes, j'ai pu admirer les belles demeures situées près du port, si différentes des constructions du Québec. Aussitôt, j'ai eu le coup de foudre pour la nouvelle terre qui m'accueillait.

Le 21 octobre, au petit matin, nous avons jeté l'ancre dans le port du Havre. Le temps que le bateau accoste, nous étions déjà tous sur le pont et regardions les gens venus accueillir le *France* en agitant la main. J'avais l'impression d'arriver chez moi et je m'imaginais que, dans cette foule, une famille m'attendait. Tous les passagers semblaient très heureux de toucher la terre ferme après cette longue traversée de l'Atlantique. Seule Éva n'avait pas apprécié le déplacement en mer et était aussi pâle qu'au début du voyage.

Un service de transport devait nous conduire à la gare. Le train nous emmènerait d'abord à Paris, puis en Bretagne. Ce trajet allait durer une douzaine d'heures. Aussi les pères accompagnateurs nous recommandèrent-ils de nous armer de patience. Il en fallait, en effet, une bonne dose, et j'avais terriblement hâte d'arriver au nouveau couvent. À bord du train, j'en profitai pour admirer les paysages totalement différents de ceux du Québec. À l'approche de Paris, je commençai à ressentir une grande fébrilité. Sœur Adolphine m'avait beaucoup parlé de Paris, qu'on appelait la « Ville lumière », là où tous les grands couturiers étaient installés. Cela revêtait une grande importance pour moi et j'avais hâte de me remettre à la couture et d'apprendre de nouvelles techniques, comme on me l'avait promis. Pour passer le temps, je me suis isolée dans un recoin du wagon et j'ai dessiné des modèles de robe que des dames portaient durant la traversée ou dans les trains. Ces croquis devraient demeurer dans mes cahiers, bien évidemment, car les religieuses n'accepteraient jamais que je confectionne des vêtements pour les civils. Mais personne ne pouvait m'empêcher de rêver.

Tôt en soirée, nous sommes finalement arrivés en Bretagne, à la gare de Rennes. C'est dans cette ville qu'était située la maison mère de la communauté des Filles de Sainte-Marie de la Présentation. Une religieuse, gentille et attentionnée, nous accueillit sur le quai de la gare. Je reconnus immédiatement l'accent de sœur Adolphine et cela me fit chaud au cœur. À force de l'entendre, cette voix m'était devenue familière.

Nous touchions enfin au bout du voyage, qui m'avait parfois paru interminable. Plusieurs religieuses nous attendaient à l'entrée du couvent. Et quel couvent! Il était énorme. Je n'en croyais pas mes yeux, une fois de plus, et j'admirai pendant de longues secondes son architecture avant d'y pénétrer. Combien d'années avait-on mis à construire une œuvre aussi colossale? Je ne pouvais le dire, mais je n'avais jamais vu de murs de pierre aussi larges. On se serait cru dans une forteresse, et je m'y sentais déjà en sécurité. Malgré la fatigue du voyage, je trouvai l'énergie de visiter les lieux et de rencontrer toutes celles qui y vivaient.

Le couvent était au moins quatre fois plus gros que celui où j'avais grandi et je me demandais comment je réussirais, au début, à ne pas m'y perdre. J'y reconnaissais les odeurs de mon ancien couvent, celles de la cire à plancher, de l'huile à boiseries et du désinfectant. Si ces odeurs, au début, m'avaient paru rébarbatives, elles avaient, avec le temps, fait partie de ma vie quotidienne.

Une religieuse nous fit gentiment visiter notre nouvelle résidence, mais en raison de son fort accent, je ne comprenais pas toutes ses explications.

Le dortoir était, à quelques détails près, identique à celui que j'avais découvert à l'âge de six ans. Pourtant, cette fois-ci, il me parut sympathique. Une nouvelle vie débutait pour moi et j'avais le goût d'apprendre et de savourer chaque instant. Je trouvais nos hôtesses fort accueillantes et, surtout, très patientes avec nous, les «petites religieuses du Canada», comme elles nous appelaient. Je constatai avec bonheur que les principes de vie de la communauté étaient beaucoup moins sévères qu'au Québec, et les corvées, moins lourdes et plus variées.

Après une légère collation, constituée de pain et de fromage, nous sommes allées nous coucher. Nous en avions grandement besoin, tout particulièrement Éva, qui dut rester à l'infirmerie une semaine pour se remettre du voyage.

Deux jours après notre arrivée, Thérèse Martel et moi partîmes faire notre noviciat à Guernesey, une île anglo-normande à une centaine de kilomètres au large de Saint-Malo. Le voyage en bateau durait une journée, mais, puisque je venais de loin, cela ne m'effrayait nullement. Sur cette île de huit kilomètres de long, la conduite automobile s'effectuait à gauche comme en Angleterre, et la monnaie en usage était la livre sterling. On y vivait de la construction navale et de la pêche. D'ailleurs, du poisson, j'en mangerais à satiété pendant mon séjour sur cette île.

À notre arrivée à Guernesey, on nous emmena dans la paroisse Sainte-Marie-du-Câtel, où se trouvait la deuxième maison de la communauté, appelée La Chaumière. C'est à cet endroit que les religieuses effectuaient leur noviciat. La maison, plus modeste que la maison mère de Rennes, avait un caractère rustique avec ses nombreuses boiseries vernies. Dans le jardin poussaient de nombreux arbres fruitiers. L'endroit était chaleureux et paisible, et je comprenais pourquoi Victor Hugo avait choisi cette île pour écrire.

Le dortoir, avec ses plafonds très bas, était particulièrement accueillant, et les lits, moelleux à souhait et si confortables que, tous les soirs pendant mon séjour, j'y dormis avec joie.

Je me familiarisai vite avec l'organisation de la maison et l'on m'affecta aux tâches de la cuisine. Je tentai de mémoriser rapidement le nom des ustensiles que j'utilisais en cuisine en les écrivant sur un papier. La plupart ne portaient pas la même appellation qu'au Québec, et je trouvais leurs noms plus jolis. Ainsi, une louche devenait une cassotte ; une passoire à sauce, un chinois ; un pilon à patates, un presse-purée ; une marguerite servait pour les légumes cuits à la vapeur ; et une pince à chiqueter servait à mettre en forme les rebords de tarte.

Je travaillais à la préparation des repas tout en découvrant les nouvelles saveurs, les épices et les odeurs. J'étais comblée par cette vie à la campagne.

J'appris également, à Guernesey, quelles étaient les valeurs de la communauté. Pour M. Fleury, le fondateur, nous ne devions pas devenir des dames, mais des sœurs de la Charité. « Soyez toujours contentes de ce qui vous arrive », répétait-il. Les sœurs devaient s'efforcer d'atteindre la simplicité évangélique dans toutes leurs activités. Leur zèle devait être imprégné d'une véritable générosité qui ne reculait devant aucune tâche. Elles devaient demeurer sereines en tout temps, aussi bien dans le succès que dans l'adversité. Bref, nous devions atteindre cette humilité souriante et paisible qui élargit l'âme et lui procure cette «rondeur» dans la piété dont parle saint François de Sales.

Sur les jeunes filles qui sont habitées d'idées généreuses, éprises de perfection, et qui se sentent poussées vers le cloître, le divin maître a jeté son regard et, discrètement, Il leur parle et les attire. Elles doivent toujours se rappeler les mots de l'une des fondatrices, Louise Lemarchand: «Tu seras religieuse... Jésus a besoin de toi, Il te veut toute à lui. Il compte sur toi pour Le servir et pour L'aimer...» Mlle Lemarchand affirmait également que les religieuses doivent être bonnes, pieuses et fortes et, surtout, ne pas avoir le goût de mener une vie mondaine, parce que le monde qui les entoure n'est pas à la hauteur de leur âme.

C'était la première fois que j'entendais parler de la vie religieuse de cette façon. On ne faisait nullement mention de la foi, ni de l'appel de Dieu comme des obligations que l'on devrait ressentir. L'image de Dieu tel un maître ne m'était jamais passée par l'esprit. Étrangement, cette philosophie religieuse me semblait basée sur le ressentiment envers la vie hors du couvent, alors que tout ce que j'avais vu, entendu et expérimenté du monde extérieur depuis le début de cette épopée me semblait stimulant. Je n'arrivais pas à trouver les mots justes pour expliquer ce que je ressentais, mais ce discours m'apparaissait néanmoins très lourd et, du coup, je me sentis moins à l'aise dans cet univers. Bien sûr, je ne confiai à personne mes états d'âme.

Le 11 juillet 1931, je prononçai mes premiers vœux, temporaires, qui me permettaient de commencer mon noviciat. J'avais dix-neuf ans.

Ce jour-là, les novices devaient suivre un protocole. Après notre toilette, on nous coupait les cheveux. Il s'agissait pour moi d'un gros sacrifice, car j'aimais beaucoup mes cheveux, qui étaient longs, noirs et bouclés. Tant pis, me suis-je dit, ils allaient repousser. Je n'avais pas le temps d'être nostalgique et je ne voulais pas gâcher une si belle journée. J'étais nerveuse, mais j'avais surtout hâte de devenir postulante. Je m'imaginais que je deviendrais une autre personne, que j'éprouverais tous les jours, en mon for intérieur, l'état de grâce dans lequel se trouvait mon âme pure. Je baignais dans une belle naïveté !

Toutes les postulantes avaient revêtu une petite robe noire, plus courte que celles des religieuses, avec une collerette blanche et une croix en argent sans le Christ, attachée avec un cordon de soie. Sur la tête, nous portions un voile noir par-dessus un serre-tête blanc.

La cérémonie ressemblait en tout point à une première communion. Assises sur les bancs de la chapelle, nous écoutions les religieuses guider nos pensées. Elles nous redemandaient si nous étions certaines de nos choix et si notre décision avait été prise de notre plein gré. Comment peut-on être sûre de la voie à choisir lorsqu'on n'a que dix-neuf ans ? Pour ma part, ma décision était arrêtée depuis longtemps, c'était le seul style de vie que je connaissais.

Le prêtre prit ensuite la parole en notre nom et répéta un à un les vœux de pauvreté, de chasteté et d'obéissance que nous devions prononcer. À la fin de la cérémonie, la congrégation organisa un grand banquet dans le jardin, à l'arrière de la maison. Ce fut une journée mémorable.

Durant les deux années de mon noviciat, je m'appliquai aux tâches qui m'avaient été assignées, et je cousais pendant mon temps libre.

L'été suivant mon arrivée, on me proposa de m'occuper de huit enfants, en milieu rural, pendant que leurs parents travaillaient. Presque toutes les familles de l'île comptaient au moins huit enfants. Les parents étaient tous pêcheurs et cultivateurs. Victor Hugo avait déjà dit à propos des habitants de Guernesey : « Le même homme est paysan de la terre et paysan de la mer. » J'adorai mon expérience avec les enfants. Je me souvenais de mon enfance en compagnie de mes frères et cela me faisait grand bien d'être en contact avec eux.

Après les vacances, lorsque l'année scolaire recommença, je revins au couvent et repris mon travail aux cuisines. Mais de vivre en famille pendant quelques semaines m'avait révélé le poids de ma solitude. Avec le temps, je m'étais sentie isolée sur l'île de Guernesey ; les nouvelles de l'extérieur étaient lentes à nous parvenir. Rarement nous voyions de nouveaux visages. Nous étions à la merci des bateaux et de la température. Lorsque la mer était déchaînée, nous ne recevions rien. Ce sentiment d'abandon, je le ressentais également à l'intérieur de moi.

Je m'encourageais en me disant qu'il ne me restait plus qu'un hiver à passer sur cette île isolée et que le 5 juillet 1933, mon noviciat serait terminé. Je retournerais alors à Rennes, à la maison mère.

Deuxième cahier

LES VŒUX ET LA GUERRE

Après un séjour de presque deux ans sur l'île de Guernesey, je suis revenue à Rennes, à la maison mère de la congrégation. Il était maintenant temps de me préparer pour les vœux perpétuels que je devais prononcer à la fin de ma dernière année de noviciat.

Pendant cette année, je continuai ma formation religieuse, en suivant des cours de théologie naturelle et de théologie dogmatique. Je croyais sérieusement ne pas être à la hauteur de cet enseignement. Je doutais de mes capacités à maîtriser cette science qui, pour moi, ne s'adressait qu'aux grands penseurs. Les religieuses ont eu tôt fait de me rassurer. Étudier la théologie, m'expliquèrent-elles, c'était d'abord s'intéresser à Dieu. La théologie naturelle nous parlait de l'existence de Dieu, nous démontrait ses attributs divins comme son éternité, sa perfection, sa bonté et sa toute-puissance. La théologie de la vie religieuse nous initiait à la prière, nous enseignait comment vivre la liturgie en communauté, garder la parole en son cœur et l'incarner par la suite dans le monde.

Nous, les novices, avions un horaire très chargé chaque matin. Nous nous levions à 5 heures et assistions à l'office des petites heures et aux matines. Il s'agissait du plus court des quatre offices de la journée. Ensuite, nous déjeunions pendant qu'on nous faisait la lecture spirituelle. Puis nous entrions en classe. Après, nous allions à l'office de la liturgie des heures, puis venait le repas de midi. Une fois le repas terminé, nous assistions à un autre office de la liturgie des heures, avant le retour en classe. En fin d'après-midi, nous assistions à un dernier office de la liturgie, avant le repas du soir. Venaient ensuite les vêpres, immédiatement après le souper, suivi, croyez-le ou non, de la récréation obligatoire. Puis-je préciser que j'y serais allée, même sans obligation ?

À 19 h 30, nous devions respecter le silence complet pendant que nous allions nous coucher.

Le dimanche, après la grand-messe, nous avions enfin un moment de liberté pendant lequel nous pouvions nous occuper de nos affaires personnelles. C'était le seul.

Pendant cette dernière année de noviciat, je me suis liée d'amitié avec une fille dont je ne connaissais pas le vrai nom. Nous devions garder l'anonymat. Cette amie voulait choisir, au moment de prononcer ses vœux éternels, le nom de Marie-Louise, en l'honneur d'une des fondatrices de notre communauté, Mlle Louise Lemarchand. C'est ainsi que je l'appelais.

Nous avions développé une belle complicité, en raison surtout de notre même passion pour la couture. Elle était née à Rennes dans une famille d'ouvriers. Son père réalisait des travaux pour la communauté. Marie-Louise avait côtoyé les religieuses une bonne partie de son enfance et avait, par conséquent, une grande admiration pour elles. Elle me raconta qu'elle avait clairement ressenti l'appel de la vocation, et je l'enviais pour cela.

Marie-Louise en était, comme moi, à sa dernière année de noviciat. Nous partagions tous nos trucs de couturière. Je lui parlais de sœur Adolphine, qui m'avait beaucoup appris sur l'art de la couture. Je ne pensais qu'à cela avant de m'endormir et je dessinais fréquemment des vêtements dans mes cahiers, que je n'avais encore jamais montrés à personne.

Le dimanche, nous échangions ce que nous avions appris jusque-là, comme le point de croix, employé généralement pour une couture solide, le point de surfil, destiné à empêcher les tissus de s'effilocher, ou le point glissé, pour des ourlets invisibles. Nous discutions aussi de haute couture. Nous nous demandions combien d'heures il nous faudrait pour fabriquer, à la main, une robe dessinée par un grand couturier. Cela nous semblait presque impossible. Nous rêvions ensemble de création et de confection. Les dimanches après-midi passaient ainsi rapidement et ils étaient vraiment stimulants. Nous reprenions notre semaine de cours remplies d'une énergie nouvelle.

Nous avions aussi des retraites que l'on appelait « retraites de vocation », où nous nous interrogions sur notre foi. Je profitais de ces périodes de recueillement pour me demander s'il était possible que j'aie reçu l'appel de Dieu et de la vie religieuse sans vraiment le ressentir. Je ne me souvenais pas d'avoir reçu un appel franc comme celui de sœur Marie-Louise. Et d'ailleurs, que fallait-il vraiment éprouver?

Pour nous aider à réfléchir à cette question, la communauté avait dressé une liste.

Tu ressens l'appel de Dieu si ton goût pour la prière et ton attachement à Jésus-Christ demeurent fermes; si tu as senti, de temps à autre, monter en toi un désir de devenir religieuse; si tu ne tiens pas à l'argent, à tout posséder et à dominer les autres; si tu peux vivre sans beaucoup d'exigences; si tu aimes vivre en équipe, au sein d'un groupe.

J'ai ressenti à peu près tout ce qu'il y avait sur cette liste, mais peut-être pas avec l'intensité souhaitée. LA grande question qui me martelait l'esprit était la suivante: «Est-ce que j'aime Dieu suffisamment?» Aimer Dieu, c'était évident, sauf que le terme «suffisamment» me faisait hésiter. C'était grand comment, cet amour? Et mon désir de devenir religieuse n'était-il pas une suite logique de la première partie de ma vie au couvent?

Les religieuses m'avaient souvent répété que c'était grâce à la communauté et à l'éducation que j'y avais reçue que j'étais devenue cette jeune femme exemplaire. Elles insistaient également sur le fait que je n'avais jamais manqué de rien. Est-ce que je me sentais à ce point en dette envers les religieuses pour leur consacrer le reste de ma vie, alors que je n'avais que vingt-deux ans?

Les communautés s'attendaient souvent à ce que les orphelines qu'elles avaient prises en charge deviennent religieuses. Cela semblait une manière naturelle de rembourser ce qu'on avait dépensé pour nous. C'est, je crois, le message que l'on voulait m'envoyer. J'étais par contre consciente que, si j'acceptais ce destin, mon avenir serait constitué de servitude, d'obéissance et de soumission totale. Malgré ce questionnement, j'étais heureuse.

Pendant cet examen de conscience, jamais je n'ai mis en doute mon vœu de chasteté. Bien sûr, il m'arrivait de ressentir certains désirs qui me semblaient anormaux, mais, dans ces moments-là, j'essayais de me changer les idées. Je me levais, j'écrivais dans mes cahiers ou je priais. Il n'était pas question que j'avoue ces pulsions en confession ; je me disais que ce qui se passait entre moi et moi ne regardait que moi.

J'allais bientôt me marier avec Dieu, et le mariage était la chose la plus importante pour une jeune fille de vingt-deux ans. Nous allions donner pour toujours notre vie à Dieu. Il s'agissait cependant pour moi d'un grand mystère, car cette union n'était pas quelque chose de palpable. Mais à cet âge, que signifie « pour toujours » ? Peu importaient mes interrogations, je prononçai mes vœux perpétuels et solennels pendant le mois de Marie, le premier dimanche de mai de l'année 1934.

Ce mariage avec le Seigneur fut un moment grandiose. La chapelle du couvent était remplie de fleurs blanches. Nous étions une quarantaine à prendre le voile, ce jour-là. Nous étions toutes très nerveuses et l'on sentait, dans l'air, une fébrilité semblable à celle d'un matin de noces.

On célébra d'abord une messe, puis, après la lecture d'un passage de l'évangile, ce fut le rituel des questions à propos de nos serments. À cette occasion, j'ai murmuré mon premier «oui», qui me soumettait aux lois de la communauté. Nous nous sommes ensuite prosternées, face contre terre, pendant que les autres religieuses chantaient la liturgie des saints.

J'étais anxieuse et inquiète, n'étant pas certaine de comprendre le sens profond de mon engagement. Avais-je bien compris que, durant toute ma vie, j'acceptais de vivre dans la pauvreté, la chasteté et l'obéissance ?

Je choisis le nom de sœur Marie-Noëlle, tout simplement parce qu'il s'agissait à la fois du nom de la Vierge et du jour de la naissance de son fils.

Cette grande journée se termina par un buffet gargantuesque. Je n'avais jamais vu autant de nourriture. Du coup, je découvris les plaisirs de la gourmandise, un des sept péchés capitaux, et cela en dépit des vœux que je venais de prononcer !

J'avais désormais un nouveau statut : sœur Marie-Noëlle, une robe neuve et une bague à mon doigt. Le lendemain de cette journée mémorable, je reçus également une affectation différente, celle de la buanderie. Je dus suivre une formation de six mois avec la sœur responsable, afin d'apprendre les différentes étapes du nettoyage des vêtements et de la literie. Sur le coup, je me sentis très motivée, mais, au bout d'une semaine, j'étais totalement épuisée. À l'heure du souper, je dormais dans mon assiette. Même chose pendant les prières du soir.

La chaleur et l'humidité des locaux étaient insupportables. De plus, ma nouvelle robe était faite d'un tissu plus épais que l'uniforme que je portais pendant mon noviciat, sans parler de mon tablier, en coton grossier, qui servait à protéger ma robe. Et nous n'étions qu'en mai. Qu'en serait-il durant l'été ? Quand je parlai de mon épuisement à la sœur responsable, elle me répondit sèchement : « Faudra vous habituer, ma fille ! » J'ai su dès cet instant que, quels que soient mes états d'âme ou mon mal-être, personne n'aurait de compassion pour moi. Je devais tout subir sans me plaindre. J'ai alors eu l'idée de confectionner une robe, identique à celle que nous portions, mais dans un tissu deux fois plus léger. Elle serait réservée exclusivement aux religieuses qui travaillaient dans cet atelier. J'en parlai à sœur Marie-Louise, qui se montra ravie de chercher avec moi le tissu qui aiderait notre peau à mieux respirer. Notre choix s'arrêta sur le lin, une fibre naturelle, que nous pourrions teindre en noir.

Le jour où nous avons enfin pu revêtir nos nouveaux uniformes en lin, les vingt-six religieuses qui travaillaient avec moi se montrèrent des plus soulagées. Entre-temps, j'avais dû apprendre le dur métier de blanchisseuse.

Je n'avais jamais réalisé que nettoyer des vêtements pouvait être une corvée aussi exténuante. Une pièce de linge pouvait passer treize fois dans nos mains avant d'être retournée, impeccable, à la case départ : ramassage, tri, accouplage, marquage, lavage, rinçage, amidonnage, essorage, séchage, repassage, pliage, assemblage et livraison. Les religieuses déposaient leurs vêtements dans un sac en filet portant leur nom et leur numéro. Aussitôt le sac arrivé à la blanchisserie, les vêtements étaient triés selon trois catégories : les vêtements de couleur claire, les vêtements plus épais et les vêtements très souillés. Chaque jour de la semaine était identifié par un fil de couleur différent, épinglé sur chaque vêtement, servant à respecter l'ordre d'arrivée. Il fallait ensuite coudre ensemble les petites pièces plus personnelles, afin de ne pas les égarer. Ma première tâche consista à assembler les chaussettes sales, les mouchoirs, les culottes et les serviettes hygiéniques, qui n'étaient, en fait, que des guenilles, puisqu'il n'y avait rien de jetable. Cette opération s'appelait « accoupler ». Il s'agissait d'un travail plutôt dégoûtant et souvent j'ai failli rendre mon petit-déjeuner pendant cette opération.

Quelques mois plus tard, je fus nommée responsable du repassage des draps, des taies d'oreillers et des nappes. Aucun faux pli n'était toléré. La sœur responsable avait remarqué que j'avais des aptitudes pour cet ouvrage. Même si cette nouvelle tâche n'était pas facile, elle était de loin moins exténuante que l'essorage de ces draps, tâche que l'on m'avait assignée avant. Pour enlever le plus d'eau possible, il fallait plier les draps encore trempés et lourds, les tordre, puis les frapper sur une grande planche à laver.

En 1937, je déménageai dans la maison mère des Pères Eudistes, à cinquante-trois kilomètres de la nôtre. J'y travaillais à la buanderie et effectuais les mêmes tâches. Si je trouvais étrange de voir défiler devant moi des vêtements et sous-vêtements masculins, au moins je n'avais plus à m'occuper du linge souillé des menstruations.

On m'avait installée dans une chambrette juste pour moi. Quel soulagement, puisque au cours des derniers mois j'avais ressenti un fort besoin d'intimité. Je ne me plaignais pas, mais me retrouver seule m'a fait le plus grand bien. La chambre était équipée d'un petit lit de métal blanc surmonté d'un crucifix noir, d'une commode, d'une table et d'une chaise minuscules et d'un crochet pour suspendre mon habit de religieuse.

Je m'y suis tout de suite sentie à l'aise. Je pouvais écrire mon journal sans craindre les indiscrétions. J'appréciais tout particulièrement de pouvoir enlever ma robe et mon voile dès que j'y arrivais. Je fermais la porte à double tour, puisque je n'étais vêtue que de mes sous-vêtements. J'éprouvais une véritable libération, car je n'appréciais pas d'avoir la tête toujours recouverte, et j'en avais pour une dizaine de minutes à me gratter le cuir chevelu. L'air pouvait enfin circuler sur ma peau et c'était très agréable. L'été, je fermais les yeux et demeurais ainsi allongée sur mon lit pour bien apprécier la fraîcheur de la nuit. Bref, j'étais enchantée de mon nouveau petit chez-moi.

Nous étions une quarantaine de religieuses à travailler pour les pères. Le repas du soir était pris dans un réfectoire aménagé pour nous. Ma place était située tout près des trois religieuses responsables des différents départements de l'entretien.

C'est au cours de ces repas que j'ai entendu parler pour la première fois d'Adolf Hitler et des rumeurs de guerre qui circulaient.

Nous étions au printemps 1939 et plusieurs pères de la congrégation discutaient entre eux de cet homme qu'on semblait craindre partout. Il menaçait de faire la guerre à tous les pays européens, et les pères disaient qu'une autre guerre mondiale risquait d'éclater. Un mois plus tard, on me demanda de me rendre à la maison mère de la congrégation, car la mère supérieure voulait me voir. Nous étions six Canadiennes à être ainsi convoquées. La sœur confia ses inquiétudes à propos des rumeurs de l'éclatement d'un conflit mondial.

Elle nous avisa que, pour détourner l'attention sur les « étrangères » que nous étions, nous allions devoir effectuer d'incessants allers-retours à Guernesey, durant l'été, afin de brouiller les pistes et d'éviter que les autorités françaises nous obligent à retourner au Canada. Elle ferait tout ce qui était en son pouvoir pour assurer notre protection, mais elle ne pouvait pas prédire l'avenir.

Depuis que j'étais en Bretagne, même si je n'avais pas oublié ma ville natale, Chicoutimi, je ne songeais nullement à un retour éventuel. Pourquoi ? Pour ma famille que je n'avais jamais revue, à part une seule visite de mon père ? Pour servir ma communauté ? Je la servais très bien ici. De toute ma jeune vie, s'il y avait un sentiment que je n'avais jamais ressenti, c'était bien celui du « mal du pays ».

S'il est vrai que l'être humain est appelé à connaître plusieurs vies, j'avais dû habiter la Bretagne avant celle-ci car je m'y sentais tout à fait chez moi. Je m'étais rapidement adaptée aux coutumes, à la nourriture et à la mentalité des gens, et j'aimais beaucoup leur façon de parler. Je pourrais facilement demeurer en Bretagne jusqu'à la fin de mes jours.

De mai à août, nous avons donc fait de nombreux allers-retours entre Guernesey, la maison des religieuses et le monastère des pères eudistes, où je reprenais mon travail dès que j'y revenais.

La tension semblait avoir monté d'un cran dans le monde. Aussi sortions-nous rarement dans les jardins parce que les habitants de Rennes avaient de plus en plus peur des étrangers. N'ayant jamais vécu un tel conflit, je n'étais pas consciente de la gravité des événements. La vie religieuse était un cocon confortable, où la prière jouait un rôle de premier plan. Je ne connaissais rien des enjeux de cette guerre. Personne ne nous informait, d'ailleurs, des nouveaux développements sur la scène internationale, et seules quelques bribes de conversation nous parvenaient pendant le repas du soir. C'était bien peu.

Le 3 septembre 1939, vers 10 heures du matin, les cloches du village et les sirènes annoncèrent que nous étions en guerre. La supérieure nous convoqua à nouveau pour nous expliquer ce qui était en train de se passer, sans trop nous effrayer.

Les dirigeantes de la communauté évitaient de parler de la guerre avec nous, les jeunes sœurs. Elles voulaient nous épargner l'horreur que ce conflit mondial pouvait occasionner. Tous les jours, elles renforçaient le bouclier de protection autour de la maison mère, tout en nous prévenant de certains dangers qui planaient, surtout sur nous, les « petites Canadiennes ». L'Angleterre avait déclaré la guerre à l'Allemagne après que Hitler eut envahi la Pologne. Par conséquent, nous, les Canadiennes, sujets britanniques, devenions les ennemies de Hitler.

En sortant du bureau de la religieuse, ce jour-là, j'étais sous le choc. Le ton avec lequel elle avait prononcé sa dernière phrase résonnait dans ma tête. Soudainement, j'eus l'impression d'être devenue une hors-la-loi et de devoir absolument me cacher. Un sentiment d'urgence monta en moi; je voulais rentrer dans mon pays.

J'ai demandé à revoir la mère supérieure, qui m'a reçue dans son bureau. Je lui parlai de mes craintes et de mon désir de retourner au Canada. Elle me répondit qu'elle essayait depuis un certain temps déjà de nous faire rapatrier, mais les papiers de voyage n'arrivaient pas. Cinq mois s'étaient écoulés depuis sa première demande. Elle était très inquiète et ne pouvait savoir ce qui adviendrait de nous. Elle conclut la discussion en me promettant de m'aviser dès qu'elle en saurait davantage.

L'ambiance, dans le monastère des pères eudistes, ne cessait de s'alourdir. Je travaillais toujours à la blanchisserie, et nous avions peur que les Allemands décident de venir nous chercher. Ils occupaient désormais la ville, et nous ne sortions plus. Quand nous apercevions un groupe de soldats passer devant nos fenêtres, nous allions aussitôt nous cacher. Nous sursautions au moindre bruit.

Nous n'avions aucun indice qui aurait pu nous aider à garder espoir. Nos papiers n'arrivaient toujours pas, et la mère supérieure se faisait très discrète. Les cinq autres Canadiennes et moi, nous sentions que quelque chose de grave allait se passer.

L'ARRESTATION

Il était à peu près 8 heures du matin, le 5 décembre 1940, lorsque les soldats allemands frappèrent à la porte du 31, rue d'Antrain, à la maison des pères eudistes. Ils demandaient à me voir immédiatement. La religieuse qui les accueillit s'empressa d'envoyer quelqu'un avertir la sœur responsable, en l'absence de la sœur supérieure, avant de venir me chercher à la blanchisserie où je travaillais.

Lorsque j'arrivai dans l'entrée, essoufflée et complètement effrayée, la sœur responsable était déjà sur place. Elle me prit fermement par le bras, pour me soutenir et me réconforter, pendant qu'un des soldats me lisait en français, avec un fort accent, la missive qu'ils étaient venus me remettre.

Vous devez vous considérer à partir de ce moment comme détenue. Vous ne devez plus quitter votre appartement, on viendra vous chercher. Vous devez emporter des vêtements chauds.
Toute tentative de vous soustraire à cette ordonnance entraînera la peine de mort.

Le soldat ajouta qu'ils reviendraient me chercher dans quelques jours. Avant de partir, ils claquèrent des talons, levèrent leurs bras dans les airs et crièrent : « *Heil Hitler !* » J'ai sursauté et j'ai senti mon sang se glacer. Je ne comprenais pas ce qui m'arrivait et je demeurai paralysée. La religieuse responsable dut me prendre par le bras pour me ramener à ma chambrette. La mère supérieure serait là dans quelques heures, me dit-elle, et elle pourrait m'éclairer sur ma situation. J'aspergeai mon visage d'eau froide pour me ramener à la réalité. Je n'en croyais pas mes oreilles ; on avait bien mentionné la peine de mort ! Je relus le papier qu'on m'avait remis, et mes mains n'arrêtaient pas de trembler. Les mots « détenue » et « peine de mort » y figuraient bel et bien. Ainsi, je pouvais mourir du simple fait que j'étais citoyenne canadienne ! Ça n'avait aucun sens. Mon crime était d'être un sujet britannique. Tout cela était tellement abstrait pour moi qui n'avais jamais mis les pieds en Angleterre ! Mon allégeance à la couronne britannique se limitait à avoir vu quelques photos du roi et de la reine. Mais mon arrestation avait certainement une autre signification… Où les Allemands allaient-ils m'emmener ? Peut-être voulaient-ils simplement me renvoyer au Canada, et c'est ce que je souhaitais.

La sœur supérieure arriva enfin, et l'on me conduisit dans son bureau. Comme pour alléger mes inquiétudes, elle m'annonça que les autres religieuses canadiennes avaient reçu le même avis que moi. Elle m'expliqua que l'Angleterre refusait de s'allier à l'Allemagne et que, par conséquent, Hitler avait ordonné, le 16 novembre 1940, d'arrêter tous les sujets britanniques en zone occupée.

Mes connaissances de la politique étaient fort limitées, et je n'arrivais pas à comprendre pourquoi on me menaçait de la peine de mort. Je paniquais. Je résumai ma situation : si je n'obéissais pas aux ordres, je mourrais parce que j'étais simplement née dans un pays protégé par un autre pays qui ne voulait pas se battre pour l'Allemagne ? C'était tout de même incroyable d'être tuée pour cette raison. Je n'aurais même pas droit à un procès, je ne pourrais même pas me défendre ! La sœur supérieure me répondit calmement : «Ma chère enfant, nous devons nous soumettre, tels sont les faits et nous n'y pouvons rien.»

J'ai pleuré pendant des heures. Je ne voulais plus vivre, m'alimentais à peine et inventais les pires scénarios. Mais pour chasser ces pensées morbides, je tentais de me convaincre que les Allemands ne voulaient que me rapatrier au Canada.

Le jour fatidique arriva. On me demanda de préparer mes bagages et d'emporter des vivres pour tenir quarante-huit heures.

Nous étions trois religieuses de la communauté à être arrêtées : ma cousine Thérèse Martel, devenue sœur Saint-Jean-de-Brébeuf, Éva Tremblay, devenue sœur Marie-Wilbrod, et moi.

Un camion vint nous chercher pour nous conduire à la mairie de Rennes. Nous nous fîmes un devoir de demeurer toutes les trois très unies. Je m'accrochai aussi fort que je le pus aux deux autres religieuses. On nous apprit que, depuis l'occupation, ce bâtiment était devenu l'un des quartiers généraux de l'armée allemande. Après avoir vérifié nos papiers, on nous informa de notre destination. Je pensais encore qu'il y avait eu erreur sur la personne et qu'on me renverrait chez moi. On me remit un papier qui expliquait, en allemand, où l'on allait m'envoyer. Je ne comprenais rien à cette langue, bien évidemment, et les seuls mots que je reconnaissais, c'était mon nom, ma ville et mon numéro de passeport.

Pendant que j'attendais au poste de police, l'angoisse ne cessait d'augmenter. Selon les deux religieuses à mes côtés, les Allemands allaient sûrement nous envoyer dans un camp d'internement. Je demandai alors aux gens autour de moi ce que signifiait un camp d'internement. On m'expliqua qu'on y envoyait ceux qui étaient arrêtés et, là, on les forçait à travailler.

À 15 heures, un autre camion est venu nous chercher à la mairie. Nous nous sommes assises, les deux autres religieuses et moi, le plus loin possible des Allemands, sur un banc de bois, à l'arrière du camion, en nous disant qu'ils ne pourraient pas nous voir pleurer! J'étais inconsolable et je ne pouvais m'empêcher de trembler. Ma cousine et moi, nous nous tenions si fort par la main que notre sang n'arrivait plus à circuler.

Soudain, une femme se leva et tenta de se précipiter à l'extérieur du camion en marche. Un soldat l'attrapa par le bras et la força à se rasseoir en lui assénant un solide coup de crosse de fusil dans les côtes.

Mes tremblements s'amplifièrent et je cachai mon visage dans mon voile pour ne plus rien voir.

Sœur Marie-Wilbrod nous prit dans ses bras et essaya de nous calmer. Elle demeurait calme et ne pleurait pas. Je me demandais comment elle se contrôlait de la sorte alors qu'elle, comme nous, était confrontée à une violence extrême pour la première fois de sa vie.

Le camion s'arrêta en chemin pour faire monter d'autres prisonniers, dont une Française de soixante-douze ans, arrêtée parce qu'elle avait été mariée à un Britannique, même si elle était divorcée depuis longtemps.

La plupart ne comprenaient pas ce qui se passait et ils semblaient tout autant terrorisés. Les soldats pointaient en tout temps leurs armes dans notre direction et ils nous fixaient durement.

Nous sommes arrivés à la gare où un train nous attendait. Dans le premier wagon dont la porte était ouverte, on avait placé, sur une plate-forme, une énorme mitraillette. Les portes des autres wagons étaient scellées, et des barbelés obstruaient les petites bouches d'aération. On nous fit monter dans un de ces wagons puis, à 17 heures, le train se mit lentement en marche. J'étais accablée et pensais à mes frères et à mon père, au Saguenay. Ils ignoraient tout de mon destin ! Mais, de toute façon, comment pourraient-ils concrètement me venir en aide ?

Nous avons roulé pendant cinq nuits et quatre jours. À quelques reprises, nous avons dû changer de train. À la longue, nous avons perdu toute notion du temps et des endroits où nous étions. Les soldats, eux, continuaient de remplir les wagons avec de nouveaux prisonniers.

À la fin du trajet, nous étions environ soixante-dix dans notre wagon, entassés dans des conditions insalubres. Il nous arrivait de devoir passer plus de douze heures sans pouvoir uriner. Finalement, l'inévitable se produisait, et plusieurs urinaient sur place. D'autres avaient la diarrhée.

Le train s'est finalement arrêté, au milieu de la nuit, dans ce qui nous semblait une gare destinée aux bestiaux. Personne ne savait ce qui se passait et, à l'extérieur, on entendait des cris et des bruits de bottes.

Au petit matin, on nous ordonna de descendre. En rang de six, escortés par les soldats, nous avons marché au pas militaire, de chaque côté de la route, comme de véritables somnambules. Nous n'avions presque pas dormi depuis plusieurs jours. Les quelques personnes que nous rencontrions au bord de la route semblaient étonnées de nous voir et murmuraient : « Jusqu'aux religieuses qu'ils arrêtent ! » Nous avons finalement appris que nous nous rendions à la caserne Vauban, à Besançon.

La plupart des prisonniers étaient d'origine américaine. Ils avaient été arrêtés pour ce seul motif, alors que la guerre venait d'être déclarée. Il y avait également des citoyens du Commonwealth, comme moi. J'appris plus tard que deux mille quatre cents femmes, principalement d'origine britannique, dont six cents religieuses, avaient été internées à la caserne Vauban, à Besançon. La citadelle, pourvue de plusieurs bâtiments, était conçue pour recevoir des militaires et non des femmes.

Les soldats nous ont dirigées vers le bâtiment B, où nous avons pu trouver un endroit pour dormir.

Des brancards servaient de couchettes et tout le monde s'efforça de dénicher la plus propre et la plus convenable avant d'y déposer une paillasse tirée d'une pile à l'entrée du bâtiment.

Notre groupe de religieuses s'installa à l'écart, dans un coin. Nous étions toutes exténuées, ce qui ne nous empêcha pas de réciter une prière remplie d'espoir. Je me suis endormie aussitôt après.

Au matin, nous avons été réveillées par les haut-parleurs. On nous ordonna d'aller chercher notre nourriture. Il n'y avait pas suffisamment de vaisselle pour tout le monde. Nous nous sommes débrouillées tant bien que mal, en lavant les quelques gamelles trouvées dans l'abreuvoir des chevaux. De toute façon, nous n'avions droit qu'à une tisane de couleur douteuse, qui n'avait rien à voir avec du thé ou du café.

À midi, on nous servit des légumes gelés, dont des pommes de terre et du navet. Pour le souper, on eut droit à une sauce parsemée de filets de sang. Impossible de savoir de quel animal provenait ce sang. Je fus prise de dégoût en voyant cette pitance. Mes jambes ont faibli et je me suis écrasée par terre en pleurant.

Sœur Marie-Wilbrod m'aida à me relever et me consola du mieux qu'elle put en me disant d'essayer d'être forte et courageuse, car nous n'étions pas au bout de nos peines. Personne ne savait combien de temps nous demeurerions dans ce camp. Comment trouver, dans de telles conditions, une certaine motivation, en attendant que prenne fin ce tourment?

Ma nouvelle adresse était Frontstalag 142. Plusieurs détenus étaient affaiblis par les longues files d'attente qui se formaient pour recevoir notre maigre pitance. Trois fois par jour, nous devions ainsi faire la file. On comptait, en moyenne, quinze décès quotidiens causés par la malnutrition. Il nous fallait attendre dehors pendant des heures, tandis que l'humidité et le froid traversaient nos vêtements. Je m'estimais chanceuse de porter mes vêtements de religieuse, qui me protégeaient un peu plus du froid, ce qui n'était pas le cas pour la majorité des autres détenus. Nos coiffes avaient été mises au rancart, mais nous conservions notre voile et notre serre-tête.

La dysenterie avait commencé à ravager le camp. Les toilettes avaient été installées à l'extérieur, et nombreux étaient les malades qui tombaient dans l'escalier pour s'y rendre et parfois mouraient sur place.

Dans le bâtiment où nous logions, les brancards étaient entassés les uns à côté des autres. La proximité entre les prisonnières était gênante. Parfois, l'odeur des détenues devenait insupportable, et j'en avais la nausée. Je n'avais jamais cru que j'aurais pu supporter une telle puanteur. Nous n'avions que très peu d'eau à notre disposition pour nous laver. D'ailleurs, l'eau qui coulait des robinets était très froide et, comme il n'y avait aucun appareil de chauffage, nous n'osions nous dévêtir pour faire notre toilette.

Quelques jours après notre arrivée dans ce camp, nous nous sommes aperçues que nos paillasses étaient infestées de punaises. Dormir devenait pratiquement impossible dans de telles conditions. Découragée, je me demandais sans cesse quand ce cauchemar allait prendre fin. Même si j'étais à bout de force, je me consolais en me disant que j'étais en santé et qu'il y avait des prisonniers qui avaient besoin de moi.

Les soldats nous ont assigné certaines tâches. Sœur Marie-Wilbrod et moi avons reçu le mandat de distribuer des médicaments aux prisonniers malades. Nous secondions donc dans ses fonctions le docteur Gilet, lui-même prisonnier, qui ne pouvait suffire seul à la tâche.

Chaque soir, nous visitions les bâtiments avec notre boîte qui contenait des pilules pour soigner les maux de gorge, du liniment pour les muscles endoloris et des pilules de rhubarbe pour la constipation. Cette tâche me faisait le plus grand bien et chassait mes idées noires. J'attendais tous les soirs ce moment où j'allais me sentir enfin utile.

Parfois, lors de notre tournée, des soldats allemands essayaient de nous parler. Ils nous montraient des photos de leurs enfants. Voir des religieuses prisonnières provoquait sans doute, chez certains, des remords. Aussitôt, d'autres soldats s'approchaient, et cela mettait fin aux tentatives de communication.

Un soir, l'un d'eux nous demanda de le soigner pour un mal de gorge. Sœur Marie-Wilbrod lui conseilla d'aller voir une infirmière allemande. Elle aurait pu l'aider, mais elle craignait trop les conséquences. «Nous ne serons jamais assez prudentes, dans notre situation», me prévint-elle.

Lorsque nous revenions de notre tournée, un peu avant le couvre-feu, les Allemands faisaient le compte des prisonniers et fouillaient nos paillasses pour s'assurer que nous n'y avions pas caché des armes. De temps en temps, ils nous apportaient un peu de pain. Ils devaient sans doute se sentir généreux envers nous. Même si le pain était dur comme la pierre, d'une couleur cendrée et déjà moisi, nous le mangions quand même. La faim nous tenaillait trop. Les paquets de nourriture que la communauté nous envoyait arrivaient rarement jusqu'à nous.

Comme je ne pouvais m'empêcher d'écrire, je tenais un journal, mais craignais que les soldats le trouvent. Nous étions souvent prévenues des fouilles par d'autres prisonnières, et je dissimulais mon cahier dans un repli de ma robe. Sœur Marie-Wilbrod, ma cousine et certaines prisonnières du camp m'avaient déjà mise en garde contre de possibles représailles si jamais on trouvait mon journal. Elles avaient été témoins de toutes sortes d'horreurs pour des gestes beaucoup moins graves que celui-là. Mais je n'en tenais pas compte, car l'écriture, pour moi, représentait la vie.

Un jour, une cinquantaine de novices de la congrégation des Petites Sœurs des Pauvres ont fait leur entrée dans le camp. La plus âgée, qui était leur responsable, intervint auprès du commandant pour que nous puissions compter sur les services d'un prêtre. Quelques jours plus tard, on nous envoya un prêtre, lui-même interné. À partir de ce moment, la messe fut célébrée tous les jours. Cet office nous était d'un grand réconfort et nous aidait à supporter la captivité. Nous avions installé une petite chapelle où nous pouvions nous rendre pour prier dans la journée. Comme le commandant du camp était catholique, le 25 décembre 1940, nous avons pu assister à la messe de minuit. Certains soldats étaient présents.

La Croix-Rouge veillait sur notre sort et nous fournissait même des jeux de cartes, pour notre divertissement.

De temps en temps, il y avait des alertes, et les sirènes se mettaient à hurler. Aussitôt, les soldats allemands couraient dans les abris, tandis que nous, nous devions demeurer sur place. Pour nous rassurer, nous nous disions que les alliés n'allaient pas nous bombarder.

Au mois de janvier 1941, la Croix-Rouge de Genève vint visiter le camp. Elle rencontra les autorités puis dressa un rapport accablant sur l'état des lieux, où elle dénonçait l'insalubrité dans laquelle on nous maintenait. Pour faire pression, Winston Churchill menaça de déporter au Canada tous les Allemands internés en Grande-Bretagne. Cette menace fut prise au sérieux puisque, deux mois plus tard, bagages en main, nous partions pour un camp mieux aménagé, à Vittel, dans les Vosges. Les Allemands avaient réquisitionné plusieurs hôtels, et c'est dans l'un de ces hôtels que nous avons été emmenés.

Vittel était un centre de villégiature réputé pour ses eaux thermales. Environ deux mille personnes étaient internées à cet endroit, principalement des Américains, des Russes, des Britanniques et des Juifs de Pologne et d'Autriche qui possédaient des passeports britanniques et américains, falsifiés manifestement.

Nous avions donc une nouvelle adresse : Frontstalag 121. L'emplacement était entouré de fils barbelés de six mètres de haut, et gare à celui ou à celle qui s'aventurerait à les escalader. Comme nous avions déménagé dans un grand hôtel, nous sommes tous passés à la désinfection. Pendant quelques jours, les douches fonctionnèrent sans arrêt. Il fallait surtout exterminer les punaises que nous avions amenées dans nos bagages puisque nous dormions désormais dans des lits propres pourvus de draps. Nous avions de la vaisselle et des locaux nets. Nous étions convaincues que Dieu prenait les choses en main. La qualité de la nourriture ne changea pas vraiment même si l'on ajouta de la choucroute au menu, mais elle était si salée qu'elle était immangeable.

La vie était plus facile à Vittel. Il y avait, à l'extérieur de l'hôtel, des installations où il était possible de faire des exercices et même de jouer au tennis et au volley-ball. En après-midi, nous avions l'habitude, ma cousine et moi, de nous promener dans les jardins de l'hôtel.

C'est au cours d'une de ces sorties que nous avons entendu parler, pour la première fois, de la haine extrême que nourrissait Hitler envers le peuple juif. Un jour, une jeune fille d'à peine quatorze ans s'approcha de nous pendant que nous marchions. Elle s'appelait Anny. Elle nous raconta qu'elle et sa famille étaient américaines et vivaient en France. Sa mère était à l'infirmerie parce qu'elle venait d'accoucher. Dans le lit voisin de celui de sa mère, il y avait une femme qui pleurait sans arrêt et semblait inconsolable. Selon la mère d'Anny, cette femme, autrichienne, venait également d'accoucher. Elle pleurait parce qu'elle était seule.

Toute sa famille avait été envoyée dans des camps de concentration, sauf elle. Grâce à son mari, elle avait réussi à cacher son identité juive et à obtenir de faux papiers pour elle et son bébé. Elle craignait maintenant que les soldats découvrent son vrai nom et qu'on lui enlève son bébé pour l'envoyer dans un camp. La jeune Anny pensait que nous, les religieuses, avions plus de pouvoir que les civils. Elle nous demanda, avec toute la naïveté de ses quatorze ans, si nous pouvions prendre le bébé avec nous et faire croire aux Allemands que ses parents étaient morts. Elle était convaincue que, puisqu'il y avait beaucoup d'enfants ici, les soldats croiraient sûrement cette histoire. Effectivement, de nombreux enfants étaient internés avec leurs parents. D'ailleurs, lorsque nous entendions leurs cris, nous oubliions complètement que nous étions en guerre. Je lui ai alors expliqué que nous étions, nous aussi, des prisonnières et que les religieuses ne pouvaient s'occuper d'enfants. Mais Anny ne voulait rien entendre. Elle insista encore et encore, et pour nous convaincre, elle nous raconta ce que sa mère avait entendu dire sur le traitement que les Allemands réservaient aux Juifs, dans les camps. C'est à ce moment-là que j'ai entendu parler, pour la première fois, de l'inconcevable.

Il y avait, nous raconta-t-elle, des camps de concentration où l'on demandait aux prisonniers, vieillards, femmes et enfants, d'enlever tous leurs vêtements en leur faisant croire qu'ils allaient prendre une douche. Une fois enfermés dans le bâtiment, ils étaient exterminés à l'aide d'un gaz mortel.

Cette histoire me parut, dans un premier temps, totalement invraisemblable, et je n'en ai pas cru un mot. Ça dépassait l'entendement, c'était impossible! Je ne voulais pas en entendre davantage, je voulais m'en aller, j'avais la nausée. Je me suis ressaisie. J'ai attrapé ma cousine par le bras, puis j'ai dit à la jeune fille, sans même la regarder, qu'il nous fallait partir et que, malheureusement, nous ne pouvions pas l'aider.

Nous avons marché rapidement vers le bâtiment principal pour aller retrouver les autres religieuses. Je n'ai pas osé leur demander si elles aussi avaient eu vent de ces histoires d'horreur. Si cette histoire était vraie, je ne voulais surtout pas en entendre d'autres afin d'avoir la force de traverser cette épreuve sans qu'un sentiment de lâcheté empoisonne, en plus, mes pensées. Ce mal était beaucoup trop grand pour moi.

Au mois de mai, une rumeur commença à se faire insistante. On racontait que le Canada réclamait ses sujets. Enfin une bonne nouvelle! Les autorités s'occupaient de nous. Tous les jours, on affichait à la porte du bureau du commandement la liste des personnes qui allaient être libérées, et tous les matins nous allions la consulter. Lorsque le nom d'une Canadienne y était inscrit, on lui remettait un billet de train et elle partait aussitôt vers le Canada. Nous étions heureuses pour elle. Mais puisque mon nom ne s'y trouvait jamais, mon moral redescendait à zéro. Je le vivais comme un deuil chaque fois. Jamais mon nom n'apparut sur cette liste.

Un matin de juin, vers 9 heures, deux hommes de la Gestapo sont entrés dans notre bâtiment pour y effectuer une fouille complète. Ils ont trouvé mon journal, l'ont feuilleté puis m'ont emmenée. Ils étaient tombés sur une chanson, qu'un prisonnier canadien avait composée et dont Hitler était le sujet. Je l'avais malheureusement retranscrite.

Un certain jour, monsieur Hitler
Conçut dans son cerveau d'enfer
D'enfermer tous les Britanniques
Sans un murmure, sans une réplique
Comme ça, sans plus de façon
À la caserne de Besançon.

Y étaient également inscrits quelques commentaires sur la façon dont on nous traitait. C'était comme si on m'arrêtait une deuxième fois. Pourtant, je savais que c'était dangereux de tenir un journal. Les soldats m'ont entraînée dehors, en me brutalisant, sans me laisser le temps de dire au revoir à mes camarades.

Le convoi vers l'Allemagne dans lequel je me trouvais partit dans la nuit. C'est à peine si on pouvait s'asseoir tant il y avait de monde. Il s'agissait de wagons de marchandises, et l'odeur y était insoutenable. Je me suis recroquevillée dans un coin, en me servant de ma robe comme d'un masque pour filtrer les odeurs nauséabondes.

Durant le trajet qui m'emmenait directement en enfer, je n'arrêtais pas de m'en vouloir. Aucun acte de contrition n'arriverait à calmer mes remords. Je me sentais naïve et irresponsable. À cause de mon entêtement à tenir ce damné journal, je venais de perdre tout ce qui était important à mes yeux, la seule famille que j'avais jamais eue, les deux religieuses aux côtés desquelles j'avais passé la dernière année. Avec le temps, elles étaient devenues mes bouées de sauvetage. Nous nous sentions réellement proches, et cela dépassait le fait d'être membres d'une même communauté. Je les considérais comme mes sœurs, dans le vrai sens du terme. La réalité venait de me frapper en plein visage. Désormais, j'étais seule au monde.

Je ne peux dire combien d'heures a duré le voyage puisque j'ai perdu la notion du temps. Mais lorsque le train s'est arrêté, nous étions en Allemagne.

TROISIÈME CAHIER

L'ARRIVÉE AU CAMP DÉFINITIF

Je venais d'arriver au camp où j'allais passer les quatre prochaines années de ma vie. Selon les prisonnières qui étaient avec moi, nous avions voyagé pendant cinq jours et cinq nuits.

Je me demande encore, au moment d'écrire cette histoire, comment on a pu survivre à un tel voyage, enfermés dans un wagon. Il fallait avoir une constitution des plus solides. Dans le haut du wagon, il y avait une toute petite ouverture, par où nous arrivait l'air frais. Cette bouche d'aération était recouverte de fils barbelés, de sorte qu'il était impossible, pour un prisonnier, de sortir la main pour avertir de sa présence. Dans les villages que nous traversions, personne ne devait savoir que des gens étaient enfermés dans ces trains de marchandises.

Je n'ai pas de mots pour exprimer l'extrême puanteur qui régnait à l'intérieur du wagon. Aux odeurs corporelles venait s'ajouter l'odeur de la mort. Plusieurs, en effet, n'avaient pas survécu et étaient décédés en cours de route à nos côtés.

Je fus emmenée au camp de Buchenwald, situé en Thuringe, en Allemagne. Ma nouvelle adresse, pour les quatre prochaines années, serait

Konzentrationslager Buchenwald. À la fin de la guerre, j'appris qu'il s'agissait d'un complexe industriel important. Nous, les détenus, servions de main-d'œuvre pour l'industrie allemande. Buchenwald comprenait plusieurs camps de travail. Il y avait, entre autres, une usine de fabrication d'appareils métalliques, une briqueterie, une usine d'aviation et une fabrique de munitions. C'est dans cette dernière que je dus travailler.

Nous étions à peu près six cents femmes, de nationalités différentes. Sur un immense terrain vague, nous avons d'abord dû attendre en ligne que les soldats prennent nos présences. Ils criaient nos noms par ordre alphabétique, puis notre numéro matricule. J'espérais que, à cause de mon statut de religieuse et de la légèreté de mon délit, on s'apercevrait enfin que j'avais été mal dirigée et que je ne devais pas me trouver ici. Lorsque j'ai entendu mon nom, déformé par l'accent allemand, et mon numéro matricule, le 2074, j'ai su que mon dernier espoir venait de s'envoler. On m'a remis une carte de temps sur laquelle était inscrit mon emplacement de travail.

Nous avons dû attendre debout pendant trois longues heures, au milieu de ce terrain vague. Après tout ce que nous venions de vivre, dans ce train de l'enfer, c'était la goutte d'eau qui faisait déborder le vase. Plusieurs femmes perdirent connaissance. Celles qui tenaient encore debout tentaient tant bien que mal de les aider. Quant à moi, j'étais en proie à des vertiges et j'avais des haut-le-cœur. Cependant, depuis que j'étais sortie du train, je respirais beaucoup mieux et mon estomac se replaçait peu à peu. Je tentais de me battre contre le désespoir qui m'envahissait, mais je n'arrivais même plus à pleurer, comme si j'étais vidée.

J'étais très inquiète et je me demandais comment serait la vie dans ce camp. Des prisonnières françaises qui comprenaient l'allemand avaient entendu des soldats raconter qu'ils nous emmenaient dans ce camp uniquement pour qu'on y travaille dans les usines d'armement. Sur le coup, cela me rassura. Je trouvais toutefois étrange qu'il n'y ait, autour de nous, ni baraquement, ni mirador, ni clôture de fils barbelés.

Cependant, j'étais intriguée par les rails d'un chemin de fer, qui disparaissaient derrière deux immenses portes de métal dissimulées par des branches. Il semblait que le train pouvait pénétrer sans problème à l'intérieur de ce bâtiment dont on devinait l'existence, malgré le camouflage forestier.

Pour aider les soldats à nous surveiller, il y avait des chiens qu'on avait revêtus de petits manteaux gris, avec les lettres SS brodées sur le col. À cette époque, je croyais encore que les chiens ne pouvaient être fondamentalement méchants. Mais ainsi costumés, ils me faisaient aussi peur que les soldats, et cet accoutrement leur donnait même un petit air supérieur. J'étais infiniment triste de constater que les chiens avaient été dressés, eux aussi, pour n'éprouver aucune pitié envers les humains.

Après l'appel, on nous dirigea vers l'entrée du camp de travail. Par une porte, elle aussi cachée derrière un monticule de terre gazonnée et de branches, nous avons descendu un escalier d'environ deux cents marches, pour aboutir dans une grande salle. Là, nous avons dû nous déshabiller, sous le regard des soldats. Plusieurs filles, moi la première, ont refusé. Leurs chiens se sont alors mis à aboyer et nous nous sommes rapidement rendu compte que nous n'avions pas le choix.

Je ne m'étais jamais déshabillée devant personne auparavant. Inutile de préciser que j'étais embarrassée au plus haut point. Je tournais et tournais sur place, ne sachant que faire. Voyant mon désarroi, une prisonnière s'est approchée et m'a aidée. Elle s'appelait Simone, elle était également québécoise. Elle me conseilla de commencer d'abord par mes sous-vêtements avant d'enlever ma robe, ainsi je serais nue moins longtemps. Je lui obéis. J'enlevai d'abord mes bas, puis mes dessous de coton, mais au moment d'enlever ma robe, je fus prise de panique et je commençai à trembler. Je répétais sans arrêt que je ne pouvais pas.

Un soldat est venu vers moi et m'a ordonné, dans sa langue que je ne comprenais pas, de me déshabiller. Il s'apprêtait à m'assener un coup avec la crosse de son fusil lorsque Simone lui signifia qu'elle allait s'occuper de moi. Heureusement, le soldat ne m'a pas frappée. Peut-être a-t-il éprouvé, une fraction de seconde, un peu de compassion pour moi, étant donné que j'étais religieuse. Simone me dit à voix basse : « Il faut que tu réalises que personne, ici, n'a le choix, mais je comprends que ce ne soit pas facile pour toi. »

Elle me fit lever les bras afin de m'enlever ma robe, puis me la mit rapidement dans les mains pour que je puisse me couvrir un peu.

Dès que toutes les femmes furent nues, ils ont commencé à nous raser, de la tête aux pieds. Les femmes assignées à cette tâche étaient, elles aussi, des prisonnières du camp. Lorsque mon tour arriva, on dut m'arracher ma robe. C'était comme m'enlever le bouclier qui me protégeait du monde extérieur, et j'ai hurlé. Simone me prit fermement le bras afin que j'arrête de crier. Elle me dit, à voix basse, de respirer profondément. Puis elle ajouta : « Au moment du rasage, essaie de penser à autre chose et mets-y toute ton énergie. »

Mais sentir des mains étrangères grouiller sur mon corps, c'en était trop. Même en priant Dieu de toutes mes forces, je ne parvenais pas à me calmer. Je n'étais pas la seule dans cette situation. Plusieurs filles se débattaient et elles étaient rouées de coups. J'avais la chance d'avoir Simone à mes côtés pour me ramener à la raison. Elle ne cessait de me répéter de respirer fort et m'expliquait que, de toute façon, je ne pouvais rien y changer.

Qu'on m'ait rasé la tête ne m'a pas perturbée, puisque j'avais déjà connu cela lorsque j'avais prononcé mes vœux. Ensuite on nous distribua des vêtements : une robe taillée dans un coton grossier, qui ressemblait étrangement à un sac de farine ouvert aux deux extrémités, ainsi qu'une paire de bottines archi-usées.

On nous fit aligner par groupes de quatre. Simone se plaça aussitôt à mes côtés. Elle croyait sans doute que je n'y arriverais pas sans son aide, et elle avait parfaitement raison. À chaque groupe de quatre on remit une gamelle, très ébréchée, dont le fer rouillé donnait envie de vomir. Simone s'est portée volontaire pour aller quérir notre portion. Elle revint avec une gamelle à moitié pleine. À tour de rôle, nous avons bu une petite gorgée d'une soupe épaisse et grisâtre dont l'odeur était épouvantable.

On nous dirigea ensuite vers ce qu'on appelait les toilettes, un spectacle on ne peut plus désolant. Devant nous, il y avait une grande pièce vide au plafond plus bas. Au centre s'étendaient de très longs blocs en béton de forme rectangulaire, percés d'une double rangée de trous. Pour faire nos besoins, il fallait s'asseoir sur le ciment, côte à côte et dos à dos, sans aucune cloison pour nous protéger du regard des autres. À première vue, le nombre de cavités était loin d'être suffisant pour le groupe que nous étions, et les orifices étaient déjà souillés par les excréments des femmes qui s'y étaient assises avant nous. Plusieurs d'entre nous ont vomi la bouillie infecte que nous venions tout juste d'avaler, tant l'odeur fétide nous saisissait violemment à la gorge.

Ces mauvaises conditions sanitaires favorisèrent la propagation rapide de microbes. Plusieurs détenues eurent les fesses couvertes de boutons, souffrant d'avitaminose et d'infections diverses. Qui plus est, il n'y avait pas de papier hygiénique. Dans un coin de cette pièce, on trouvait un lavabo dont le robinet ne laissait couler qu'un mince filet d'eau. Ce lavabo était nettement insuffisant pour l'hygiène d'environ six cents femmes.

Comme nous n'avions plus aucun sous-vêtement, nous réalisions peu à peu qu'il nous serait impossible d'éponger le sang menstruel, ce qui aggravait l'insalubrité des lieux. Plusieurs filles, moi y compris, se mirent à pleurer, impuissantes devant le destin implacable. Je n'aurais jamais cru qu'en une seule journée je serais à ce point déshumanisée et terrifiée, et que ma chasteté serait violée.

Nous nous sommes ensuite dirigées vers l'endroit où, quelques heures plus tard, nous allions commencer notre dur labeur. Les soldats nous montrèrent quelles seraient nos tâches. Le camp souterrain où nous étions servait, entre autres, à la fabrication de munitions pour les fusils, les mitraillettes, les mitrailleuses, les mines et les chars d'assaut.

Dans des salles voisines, on fabriquait des pièces d'avion ou du filage. Les femmes s'occupaient des pièces plus petites. Nous avons appris, un peu plus tard, que les hommes étaient affectés à la fabrication des pièces d'armement plus grosses et qu'ils travaillaient deux étages plus bas.

Plusieurs petites galeries étaient rattachées à la grande pièce centrale. Dans l'une, on fabriquait des cartouches. Cet endroit était plus éloigné en raison des risques d'explosion. Il y avait un atelier pour la fabrication des mines. Dans une des salles, on fondait et coulait le métal. On y voyait également d'imposantes machines à coudre qui servaient à la fabrication des bandes et des bretelles supportant les balles des mitrailleuses. Mon travail allait justement consister à fixer les munitions sur ces bandes et ceintures.

L'endroit était surréel. On aurait dit une ville souterraine. En raison de l'épaisseur des murs de béton, nous n'entendions pas ce qui se passait dans les autres salles et encore moins à l'extérieur. Notre profondeur sous terre était telle que nous ne percevions même plus les bombardements. Cela me semblait étrange, puisque les bombardements faisaient partie de mon quotidien depuis mon arrestation. Au début, je sursautais chaque fois que j'entendais le sifflement des projectiles que l'on venait de lâcher. J'avais peur de mourir. À la longue, ma panique diminua, mais ma peur de mourir demeura la même. Il y avait donc un aspect positif à ce camp sous terre : comme je n'entendais plus le bruit des explosions, je ne me demandais plus combien de victimes ferait le prochain obus.

Les soldats nous ont ensuite montré une prétendue infirmerie. Des croix rouges étaient peintes sur les deux portes qui en interdisaient l'entrée. Nous ne pouvions y mettre les pieds sous peine de graves sanctions. Nous apprendrions, quelques semaines plus tard, que c'était aussi l'antichambre de la mort. Lorsqu'il y avait trop de blessés et qu'il fallait faire de la place, ils n'hésitaient pas à sélectionner les plus faibles parmi les détenus, puis ils provoquaient leur mort. Ainsi, ceux et celles qui souffraient de malformations légères ou graves étaient emmenés à l'«infirmerie» et n'en revenaient jamais. Une simple paralysie faciale ou une pilosité anormale pour une femme suffisaient à provoquer sa disparition. Aussi les femmes qui n'acceptaient pas leur détention et qui dépérissaient à vue d'œil étaient-elles immanquablement envoyées là, sous prétexte qu'elles n'étaient plus aptes au travail. Après leur avoir tailladé les veines des poignets, on les laissait se vider de leur sang, puis on affirmait qu'elles s'étaient suicidées. Ce n'était qu'une infime partie de ce qu'il se passait derrière ces portes.

Cette visite des lieux n'en finissait plus et achevait de miner le peu de moral qui nous restait. Simone et moi, nous nous tenions par le bras pour nous aider à mettre un pied devant l'autre. Nous étions exténuées. Les soldats nous conduisirent finalement dans la salle où nous allions dormir. Il y avait quatre dortoirs, numérotés de A à D. Simone et moi, nous nous sommes retrouvées dans le B.

On assigna à chacune d'entre nous une paillasse dont la paille aurait eu bien besoin d'être rafraîchie. Pour toute literie, on nous remit une couverture noire à la texture rêche, et nous serions quatre à nous la partager. Une odeur de sueur, de malpropreté et d'humidité empestait les lieux. Notre lit de fortune était situé à l'écart, et nous avons fait la connaissance des deux autres femmes qui partageraient notre couverture. Mathilde Perret se présenta. Elle était française, mais évita de nous dire pourquoi elle avait été internée. Nous n'avons pas insisté. C'était une très belle femme, droite, fière, d'aspect sévère, avec des yeux pers et des traits fins. Grande et mince, elle devait attirer le regard des hommes. Même sans cheveux, amaigrie et vêtue de cette robe si vilaine, elle attirait l'attention des soldats. Tout le contraire de Simone, qui dégageait une réelle bonhomie. Elle était plutôt petite, comme moi, avec des formes rondes qu'elle n'a pas conservées malheureusement, et avait des yeux noisette semblables aux miens. Elle avait été arrêtée pour les mêmes raisons que moi, coupable d'être un sujet britannique. Elle avait épousé un Breton mais avait gardé sa citoyenneté canadienne. «Avoir su!…» me répétait-elle souvent.

L'autre femme, Iréna, était polonaise. Elle ne connaissait que quelques mots de français. Nous ne savions pas la raison de son arrestation. C'était une jeune fille frêle, aux cheveux châtains et aux traits délicats. Ses yeux d'un bleu turquoise nous intimidaient lorsqu'elle nous observait. J'eus aussitôt l'impression, en la voyant pour la première fois, qu'elle avait besoin d'être protégée, comme un petit animal blessé. Elle était repliée sur elle-même, et il était évident qu'elle ne nous faisait pas confiance.

Comment ne pas tisser de liens serrés lorsqu'on partage une paillasse? Mais l'atmosphère n'était pas à l'amitié pour le moment.

Avant de m'endormir, je me suis agenouillée et, face contre terre, j'ai répété la phrase suivante à plusieurs reprises: «C'est ta faute si tu te retrouves ici. Les autres t'avaient bien avertie de ne pas garder ton journal!»

Tout d'un coup, Simone me prit la main doucement et me dit: «Nous allons toutes beaucoup souffrir ici, tu n'es pas obligée, en plus, de te faire du mal.»

Grâce à la présence réconfortante de Simone, je me suis calmée et j'ai fini par m'endormir, blottie contre son dos. À partir de ce jour, nous sommes devenues inséparables.

LE QUOTIDIEN DU CAMP

À 4 h 30 du matin, le bruit strident d'un sif-flet nous réveilla. Toutes les prisonnières se levèrent, et nous dûmes attendre que le groupe du dortoir A soit revenu des toilettes avant de nous y engouffrer. Au petit matin, les mauvaises odeurs me semblaient pires que la veille au soir. J'avais mal au cœur. Plusieurs d'entre nous étaient malades avant même d'y entrer.

Nous avons tenté de nous laver, mais l'attente était si longue et le filet d'eau si mince que c'était impossible. On se reprendrait un autre jour, surtout qu'il ne fallait pas courir le risque d'être en retard au travail. Tout retard était considéré comme une faute grave, qui pouvait entraîner une sanction sévère.

J'ai beaucoup souffert du manque d'hygiène. Les Allemands nous traitaient comme des animaux, mais nous, nous ne pouvions malheureusement pas nous lécher pour nous décrasser. Je me répétais souvent que je serais incapable de faire subir un tel sort à mon pire ennemi. Nous nous sommes alors donné pour mission de trouver du savon. Le savon et la nourriture devinrent nos deux priorités.

Lorsque nous revenions dans nos dortoirs, le soldat de garde commençait le compte et prenait de nouveau les présences. Dès le premier jour, une des filles, qui couchait à quelques pas de notre paillasse, mourut. Iréna, la Polonaise, se glissa alors à côté d'elle et, profitant de ce que le garde avait le dos tourné, la maintint debout. Quand le soldat cria le nom de la prisonnière morte pour lui donner sa portion, Iréna hurla «présente» à sa place, et elle put ainsi récupérer la ration de pain de la morte. Elle déposa ensuite par terre le corps sans vie et nous rejoignit aussitôt. Nous étions sous le choc et abasourdies par le comportement d'Iréna. Comment pouvait-elle, avec son allure si fragile, avoir la force de soulever un cadavre aussi rapidement?

Ce que nous ne savions pas à ce moment-là, c'est qu'elle avait été emprisonnée dans un autre camp avant de se retrouver avec nous. Elle connaissait donc toutes les ruses pour assurer sa survie.

Mais les trois autres filles partageant leur paillasse avec la défunte regardèrent Iréna avec hargne lorsqu'elles réalisèrent la portée de son geste. Elles étaient estomaquées de voir une voisine voler la portion de pain d'une fille morte sur leur propre paillasse.

Au premier matin, après avoir ingurgité notre maigre pitance de gruau et notre petit bout de pain gris, nous nous sommes rassemblées pour la formation des groupes de travail. On me montra la machine avec laquelle j'allais travailler pendant les quatre prochaines années; jusqu'à ma libération, en fait.

Mon travail consistait à fixer les balles de mitrailleuse d'avion sur une ceinture, que l'on appelait «tresse». Il s'agissait d'un travail extrêmement dangereux. Si jamais le mécanisme de fixation n'était pas bien aligné et que je donnais, malgré tout, un coup de pédale, le fil de fer qui était appuyé sur la balle risquait de provoquer une explosion en raison de la pression exercée. Un seul moment d'inattention et j'aurais pu me tuer ou me blesser grièvement. J'avais l'impression de manipuler de véritables bombes.

Je n'avais pas le choix et j'ai dû me concentrer sur mon travail. Aussi ai-je été des plus étonnées d'entendre le coup de sifflet annonçant la pause de midi. Je n'avais pas vu la matinée passer, et l'après-midi fila à la même vitesse. Pourtant, nous devions travailler pendant douze heures! Je m'appliquais pour ne pas me blesser. Je mettais en pratique, sans le savoir, ce que Simone m'avait conseillé de faire : «Occupe ton esprit quand tu souffres; ce sera moins douloureux.»

Il y avait par contre des moments, en fin d'après-midi, où j'avais de la difficulté à garder les yeux ouverts. Avec de nombreux signes de la main, je demandais alors l'autorisation d'aller aux toilettes. Je me lançais de l'eau froide sur le visage, cela produisait l'effet escompté et j'en profitais pour boire beaucoup. Ainsi ragaillardie, je pouvais continuer jusqu'à 18 heures. Il n'y avait presque personne au lavabo à ce moment-là. Les autres prisonnières étaient peut-être gênées de le faire, mais moi j'osais. Le pire qui pouvait m'arriver, c'était qu'on me dise non.

Durant l'appel et le compte du soir, nous devions nous tenir immobiles. Cette procédure pouvait durer deux heures. Plusieurs étaient épuisées et devaient être aidées par d'autres pour rester debout. Je me demandais toujours pourquoi on répétait cette manœuvre soir et matin puisque personne ne pouvait s'évader du camp. Mathilde m'a un jour expliqué la raison. Il fallait surtout faire le compte des morts de la journée pour qu'il n'y ait pas de gaspillage de nourriture…

Pour le repas du soir, on utilisait le terme « ration » : trois centimètres de pain de la même couleur que celui du matin, parfois moisi, et un soupçon de margarine, et, une fois par semaine, une cuillère de marmelade.

Au début, je ne m'apercevais pas que je maigrissais, car il n'y avait aucun miroir. Mais nous nous rendions compte que nos camarades devenaient squelettiques. Nous cherchions par tous les moyens à trouver un peu plus de nourriture. En cela, nous n'étions pas très loin de la philosophie d'Iréna. Nous étions prêtes à tout pour un bout de pain.

Au cours de la première semaine, Simone se porta volontaire pour aller chercher le bidon de gruau aux cuisines. Il fallait quatre femmes pour le transporter, deux devant le contenant et deux derrière, parce que, même vide, le bidon était trop lourd pour une femme seule.

À la longue, un soldat remarqua l'insistance de Simone à toujours se porter volontaire pour se rendre utile pendant les repas. Après plusieurs semaines, elle devint fonctionnaire. Les SS choisissaient, parmi les prisonnières, du personnel qui devait exécuter à leur place le travail de routine. Ils déléguaient à certaines une partie des corvées d'administration et d'approvisionnement. Celles-ci travaillaient dans les bureaux, les entrepôts, les cuisines et les infirmeries. Simone était affectée à la cuisine.

Quelques semaines plus tard, Mathilde fut nommée, elle aussi, responsable de l'approvisionnement. C'était un poste important, obtenu, en grande partie, parce qu'elle parlait assez bien l'allemand.

Grâce à son nouveau titre, Simone avait le droit de pénétrer dans les cuisines et arrivait à nous apporter des morceaux de pain de plus, ou une petite pomme de terre. Un jour, elle nous rapporta, enveloppé dans un vieux torchon, un morceau de saucisson qu'elle avait dérobé.

Au début, elle se sentait coupable de partager ces petits extras uniquement avec nous trois. Mathilde la ramena rapidement à la réalité : « Écoute, si on prend des forces grâce à tous tes petits surplus, on pourra aider davantage de filles à s'en sortir. »

S'en sortir ! Certaines d'entre nous commençaient à croire que jamais nous ne survivrions à cet enfer. Heureusement, nous, les quatre filles de notre paillasse, formions un noyau solide, et cela nous empêchait de trop déprimer. Peu à peu, nous représentions une sorte de mur de résistance, qui tenait debout grâce à nos forces complémentaires.

Chaque soir, avant de nous endormir, nous discutions de ce qui s'était passé dans la journée. Si l'une avait connu un moment de désespoir, elle n'était plus seule à le supporter, les trois autres en assumaient une part. Si j'ai survécu à toute cette horreur, c'est en grande partie grâce à Simone, Mathilde et Iréna. Ces trois personnes admirables m'ont appris à être forte, elles m'ont communiqué leur fureur de vivre et m'ont encouragée à devenir une résiliente.

Les femmes qui sont arrivées au camp en répétant sans cesse : « Nous allons mourir ici » sont presque toutes mortes au camp. Celles qui, au contraire, insistaient pour dire : « Ils ne nous auront pas. Nous allons sortir d'ici vivantes ! » ont, pour la plupart, survécu.

Voici le portrait de ces femmes avec qui j'ai vécu les pires moments de ma vie.

Simone

Dès notre arrivée au camp, je me suis rendu compte qu'elle avait une force de caractère inimaginable. Elle regardait les Allemands avec un regard à faire frémir le plus endurci des bourreaux. Et en même temps, elle incarnait la bonté et n'était jamais insensible au sort des autres. Elle a pris sur ses épaules la responsabilité de nos quatre estomacs. Toute la journée, elle ne pensait qu'à notre survie alimentaire et essayait de trouver de petites compensations pour adoucir notre quotidien.

Un jour, elle réussit à subtiliser dans la cuisine des morceaux de carton qu'elle cacha dans sa robe, un à la fois. Elle les déposa ensuite sous notre paillasse afin de couper l'humidité du béton.

Née à Trois-Rivières, Simone a épousé un Breton, Léon Bocage. C'était son Léon, comme elle nous le répétait souvent.

Léon avait rencontré Simone, une amie de sa belle-sœur, lors d'un voyage à Montréal pour visiter son frère Paul. Les deux frères Bocage avaient reçu en héritage la pâtisserie familiale, dans le village de Hédé, à vingt-quatre kilomètres de Rennes, en Bretagne. Paul décida de laisser le commerce à son frère Léon et de s'installer en Amérique.

Simone avait vingt-cinq ans lorsqu'elle connut Léon, et lui en avait vingt-neuf. En quelques jours, ils devinrent inséparables. Célibataire sans attaches, elle laissa tout tomber pour le suivre en Europe.

Ils se sont mariés et travaillaient ensemble à la pâtisserie familiale lorsqu'ils furent arrêtés. Léon a fermé la boutique le jour de son arrestation. Les Allemands connaissaient sa bonne réputation de pâtissier et ils l'ont obligé à venir travailler dans les cuisines du quartier général de l'armée allemande, dans la ville de Rennes. Léon se doutait que tôt ou tard Simone, encore citoyenne canadienne, donc sujet britannique, allait être arrêtée. Le couple en savait beaucoup au sujet de cette guerre, grâce à tous les clients qui passaient dans leur boutique. Avant de partir, Léon fit jurer à Simone de tout tenter pour survivre à cette guerre, et il lui promit qu'il ferait de même de son côté.

Je comprenais l'amour qu'éprouvait Léon pour Simone puisque, depuis que je l'avais rencontrée, Simone était mon point d'ancrage. J'avais un grand besoin de sa bonté et de sa débrouillardise, je me sentais en sécurité auprès d'elle. Elle était devenue ma sœur aînée et je cherchais toujours son approbation avant d'effectuer quoi que ce soit. Grâce à son sens de l'humour, elle réussissait souvent à dédramatiser les événements de la journée.

Il faut dire qu'il nous en a fallu, du temps, pour rire de nouveau. Les premières fois que nous sommes parvenues à sourire, c'était en bonne partie grâce à Simone. Pour se moquer des soldats, elle les appelait « les braves types ». Elle avait même trouvé un code pour signaler un danger imminent. Comme elle était pâtissière, elle décida que « charlotte russe » serait un beau mot de passe pour nous prévenir. Mais deux mots, c'était beaucoup trop long et, à l'unanimité, nous avons choisi « charlotte ».

Presque chaque paillasse avait son code, d'ailleurs. Dès que quelqu'un apercevait un soldat qui s'approchait un peu trop, on entendait des détenues chuchoter des noms de couleurs, des chiffres, etc.

Simone prenait une telle place dans nos vies que, lorsque le découragement l'assaillait, nous aussi en étions affectées. Nous étions alors impatientes qu'elle retrouve au plus vite sa joie de vivre, sa vivacité et son humour noir. Son péché de gourmandise devint pour nous une qualité. Simone était, en effet, une gourmande, et elle prenait souvent de grands risques pour nous dénicher des trésors, dérobés à même la nourriture des officiers.

Si nous partagions une carotte, Simone nous disait toujours : « Imaginez-vous, les filles, qu'une carotte est souvent accompagnée d'un poulet en sauce, d'un ragoût de bœuf, et on peut la piler avec des pommes de terre. » Nous avions l'eau à la bouche et, les yeux fermés, nous dégustions lentement notre quart de carotte. Étant toutes les deux québécoises, nous salivions davantage en pensant au ragoût de bœuf. Pour Iréna, c'était la purée, et Mathilde n'en avait que pour le poulet en sauce.

Mathilde

Mathilde la résistante, la mystérieuse, l'intangible et la force intellectuelle incarnée. Elle ne disait jamais un mot de trop et elle réfléchissait toujours avant de parler.

Elle passait le plus clair de son temps à observer, à analyser, à trouver des astuces pour tricher, pour détourner la vigilance des soldats. Dotée d'une mémoire phénoménale, elle connaissait par cœur tous les horaires des gardiens, puisqu'elle ne pouvait rien écrire.

Elle était capable de mémoriser le visage de chaque soldat qui nous surveillait et elle possédait le talent pour détecter le plus humain d'entre eux. Elle maîtrisait les rudiments de la langue allemande et nous demandait souvent de nous taire pour mieux entendre leurs conversations.

Avant la séance de rasage, ses cheveux étaient d'un blond doré. Si l'on se fie aux vêtements qu'elle portait en arrivant au camp, on imagine qu'elle était une femme très élégante avant son emprisonnement. C'est sans doute à cause de ses nombreux attraits qu'elle obtint un poste dans l'administration du camp.

Sa tâche consistait à dresser l'inventaire de certains produits fabriqués ici. Elle avait donc des contacts d'un autre niveau avec les officiers.

Mathilde fut arrêtée à Nancy, sa ville natale, parce qu'elle faisait partie de la Résistance. Elle enseignait l'histoire, et c'est dans son lycée que les Allemands sont venus l'arrêter.

Elle était célibataire et, tous les dimanches, elle rendait visite à ses parents. Un jour, quand les rumeurs de la Seconde Guerre mondiale commencèrent à circuler sérieusement, son père, qui avait combattu pendant la guerre de 1914-1918, changea du tout au tout. L'imminence d'un conflit était son seul sujet de conversation. Avant qu'une partie de la France soit occupée, Mathilde ne s'intéressait pas vraiment aux enjeux politiques et elle considérait son père comme un vieux fou sympathique. Mais elle s'est mise à l'écouter attentivement lorsqu'elle a appris que Paris était devenu «ville ouverte» et que les Allemands y circulaient librement. Alors elle commença à poser des questions.

Un jour, une amie de son père, une Juive d'origine alsacienne et leur voisine depuis toujours, se tira une balle dans la tête. Elle avait laissé une lettre pour expliquer son geste. La possibilité de tomber entre les mains des envahisseurs nazis lui était insupportable. Des amis juifs lui avaient raconté que des membres de leur famille avaient disparu. De nombreuses histoires d'horreur commençaient à émerger. Hitler n'avait pas encore donné l'ordre d'exterminer le peuple juif, mais les camps de Dachau et d'Auschwitz existaient déjà. Cette voisine en avait entendu suffisamment et elle savait qu'elle n'aurait pas la force de survivre à ces sévices. Ce suicide confronta Mathilde à la dure réalité. Elle était bouleversée, et son père, inconsolable. C'est avant tout en pensant à cette femme qu'elle décida d'agir.

Peu à peu, son appartement devint un refuge politique. Ses collègues de travail qui désiraient participer en travaillant dans l'armée de l'ombre, nom que l'on donnait aux amis de la Résistance, se réunissaient chez elle. Si, avant d'adhérer au mouvement, elle était peu convaincue que ses camarades pouvaient faire une différence dans ce conflit, elle prit conscience de l'importance des petites actions.

Elle apprit tout d'abord la langue de l'ennemi, du moins, les mots les plus importants. Son rôle consistait à faire circuler l'information. Elle se rendait dans des endroits publics et échangeait, quelquefois sans même prononcer un mot, un renseignement ou un mot codé caché à l'intérieur d'un journal. Elle était consciente du danger qu'elle courait, mais se sentait soulagée qu'on ne lui demande pas de participer à ce qu'on appelait vulgairement «la collaboration à l'horizontale». On nommait ainsi les femmes qui accordaient des faveurs sexuelles aux Allemands, en échange d'information, de nourriture, ou carrément pour sauver la vie de quelqu'un. Ces femmes-là ne devaient posséder aucune restriction d'ordre moral. Elles faisaient ainsi «leur part» pour aider la Résistance, quand il n'y avait plus d'autres recours.

Plus tard, Mathilde fit partie de ces femmes. C'est parce qu'elle a payé de sa personne que nous avons pu sortir enfin des ténèbres.

Iréna

Ténèbres. Ce mot décrivait à merveille Iréna, la survivante des survivantes. Cette femme était dotée à la fois de l'innocence des enfants et d'un instinct de survie extraordinaire. Elle était capable d'endurer la souffrance sans mot dire, et c'était là sa plus grande force. C'est autour d'elle que nous avons monté notre forteresse. Iréna méritait de s'en sortir plus que toute autre personne. Je savais très bien que la capacité de survie n'avait rien à voir avec le mérite, mais qu'elle puisse survivre à cette horreur était pour nous une victoire sur l'ignominie et donnait un sens à nos années perdues dans ce trou. Comme la vie n'avait pas été tendre avec elle, nous lui souhaitions de connaître un jour un autre destin. Née à Poznań, en Pologne, Iréna y occupait, avec sa mère et sa sœur cadette, un petit logement. La cavalerie des SS venait régulièrement y effectuer des rafles. Ils sortaient les Juifs de leurs maisons et les battaient ou les tuaient en pleine rue. Son père fut arrêté lors des premières rafles de la chasse aux Juifs. Iréna ne l'a jamais revu. Elle et quelques amis ont décidé de se cacher à la campagne, chez un oncle, en attendant, croyaient-ils, que tout revienne à la normale et que cette violence se termine.

Après quelques semaines à la campagne, où elle n'était pas inquiétée et surtout mangeait très bien, Iréna décida de revenir en ville, croyant que tout danger était écarté. C'était la Sainte-Irène, le jour de son anniversaire. Elle avait vingt et un ans et elle espérait que sa mère lui organiserait une fête. Sa mère n'était pas à la maison, mais elle décida tout de même de préparer une fête.

Sa mère et sa sœur se trouvaient alors au jardin communautaire, à l'autre bout du village. Soudain, les SS firent irruption dans l'appartement et demandèrent si elle savait que sa famille cachait des Juifs en situation illégale. Iréna leur répondit que personne n'était caché dans sa maison. Les soldats étaient enragés. Ils entreprirent de tout saccager. Un SS lui montra des photos en lui demandant si elle connaissait ces gens. Mais Iréna préféra se taire, craignant des représailles pour les siens. Les soldats décidèrent alors de l'embarquer. En descendant, la première, l'escalier étroit de l'appartement, elle croisa sa mère et sa sœur de seize ans, qui revenaient. Toutes deux la regardèrent en se demandant ce qui se passait. Discrètement, Iréna leur indiqua de ne pas bouger. Sa mère se mit à pleurer doucement, en tenant très fort son autre fille par la main. Elles passèrent tout droit devant le logement pour ne pas attirer l'attention des SS.

Ces derniers emmenèrent Iréna à leur quartier général où ils tentèrent de lui faire signer des papiers. Iréna refusa, prétextant qu'elle ne comprenait pas leur langue. Elle fut alors envoyée à la prison de la ville. Sa mère vint la voir un peu plus tard. Elle lui donna une couverture et un coussin : «Tu pourras t'asseoir dessus si c'est trop froid par terre ou si tu as mal au dos.»

Iréna séjourna dans un autre camp avant d'arriver à ce dernier. Le premier, Auschwitz, ouvert en 1940, comprenait deux sections : Auschwitz-Birkenau, le camp d'extermination, et Auschwitz-Monowitz, le camp de travail où elle fut emmenée. Les trois premiers jours de son arrestation, elle pleura beaucoup. Pendant un certain temps, elle se sentit complètement engourdie, comme si elle observait de l'extérieur ce qu'elle vivait à l'intérieur. Nous avons toutes connu cette impression.

Durant son séjour, elle échappa à la mort grâce à une prisonnière qui venait de la même ville qu'elle. Un chef SS avait décidé, sans aucune raison, d'envoyer au four crématoire tous les Juifs qui portaient le chiffre 7 dans leur numéro d'identification tatoué sur le bras. Le numéro d'Iréna était le 24215. Le chiffre 1 était tatoué avec une ligne plus longue sur le dessus, qui ressemblait au 7. Iréna se retrouva donc parmi les détenus qui allaient être envoyés au four crématoire.

La prisonnière qui s'occupait des registres des détenus du camp connaissait Iréna. Elle alla aussitôt voir l'officier et lui prouva que ce n'était pas un 7 qu'elle avait sur son bras, car il n'y avait pas la petite barre dans le milieu du chiffre, comme on l'écrit souvent en Europe. Les SS vérifièrent dans le registre, constatèrent l'erreur, et Iréna fut épargnée.

Lorsqu'elle arriva dans notre camp, elle demeura plutôt méfiante. Mais peu à peu, nous lui avons témoigné de l'affection, et sa méfiance tomba. Elle fut la dernière à nous raconter son histoire et nous montra même son numéro matricule tatoué sur le bras. C'était risqué, car c'était à la suite d'une erreur, lors d'un transfert, qu'elle s'était retrouvée ici avec nous. Elle devint un trésor qu'il nous fallait protéger à tout prix. Nous nous assurions que son tatouage était toujours bien camouflé sous une couche de boue, que nous préparions avec de l'eau, du sable et tout ce que nous trouvions comme saleté sous nos bottines. Lorsqu'un soldat s'approchait trop près d'elle, nous tentions de détourner son attention de mille et une façons.

Mathilde est devenue son ange gardien. Elle usa de tout son pouvoir pour qu'Iréna puisse bénéficier de certains avantages bien mérités et en fit une affaire personnelle.

Ainsi, elle obtint qu'Iréna puisse changer de travail, car celui qu'elle accomplissait, l'empaquetage des armes, était trop épuisant.

Il faut préciser qu'il y avait une certaine hiérarchie parmi les prisonnières. Mathilde, qui était française et parlait l'allemand, était en haut de l'échelle. Puis venaient Simone et moi, deux sujets britanniques. En bas de l'échelle, il y avait tous les autres, à l'exception des Juifs, qui étaient inclassables. Mathilde obtint donc qu'Iréna soit affectée à un autre travail moins exigeant physiquement, et elle se retrouva, elle aussi, à l'assemblage des ceintures pour les balles de mitrailleuse. Avec l'accord de deux officiers différents, Mathilde réussit à supprimer, pendant toute notre détention, le nom d'Iréna de la Loterie de la mort.

Les jours spéciaux

Au camp, nous avions perdu toute notion du temps. Notre seul repère était le jour de l'anniversaire de Hitler, le 20 avril, car nous avions droit, ce jour-là, à une tranche de saucisson. Quelle générosité de sa part ! Je pouvais ainsi savoir depuis combien d'années j'étais enfermée ici.

À la longue, une certaine routine s'est installée, malgré l'horreur qui nous entourait. La production d'armes semblait la principale préoccupation de nos gardiens. Au cours de ma deuxième année de détention, toutefois, les soldats allemands commencèrent à se montrer plus violents que d'habitude avec nous. Il y avait sans doute une explication. Au début de la guerre, nous raconta Mathilde, l'armée allemande était confiante de l'emporter. Mais la situation était devenue plus difficile maintenant, en raison des énormes pertes humaines sur les champs de bataille, et le moral des troupes s'en ressentait. Il n'était pas question pour Hitler de subir une autre défaite comme celle de 1914-1918.

Un jour, après notre quart de travail et le compte des détenues, les soldats décidèrent d'inventer un nouveau jeu pour se venger de leurs morts au combat. Ils déposaient le nom des prisonnières dans le casque d'un soldat et celle dont le nom était tiré était fusillée sur-le-champ, devant toutes les autres. Nous avions baptisé ce jeu abominable la « Loterie de la mort ». Elle avait lieu une fois par mois.

Comment qualifier l'horreur qu'on nous faisait vivre, tandis que nous attendions qu'ils tirent le nom de celle qui serait immanquablement destinée à la mort ? Nous nous tenions les unes contre les autres. Lorsque nous apprenions que notre nom n'avait pas été choisi, nous ne pouvions manquer d'être soulagées mais, en même temps, nous ressentions une immense douleur pour celle qui allait être fusillée.

Lorsque le soldat mettait la prisonnière en joue et que celle-ci se mettait à hurler, nous nous tournions pour ne pas assister à cette scène horrible. C'était innommable. Les cris de ces filles ont toujours hanté mon sommeil. Pourtant, le summum de la barbarie n'avait pas encore été atteint.

Il y avait, parmi nous, des jumelles âgées d'à peine dix-huit ans. Elles étaient québécoises. Elles se trouvaient en Bretagne lors de leur arrestation. Leur père, ingénieur, avait obtenu un contrat de deux ans pour la fabrication d'un pont et il avait décidé d'emmener sa petite famille avec lui. Un jour, le nom d'une des jumelles fut tiré par un soldat. Sa sœur se mit à crier et s'accrocha à elle. Les filles qui partageaient leur paillasse essayèrent de la retenir, mais quand le coup de feu partit et que sa sœur tomba, l'autre pleura et hurla de plus belle. Comme personne ne parvenait à la calmer, le soldat ordonna aux filles de s'éloigner avec la pointe de son fusil, puis il tira sur l'autre jumelle, qui s'effondra sur sa sœur déjà morte.

Cette fois, nous n'avions pas eu le temps de nous retourner et nous avons tout vu. Jamais nous ne nous serions attendues à un geste aussi inhumain. Le soldat lui-même sembla surpris de sa décision impulsive, il n'arrivait plus à nous regarder dans les yeux. J'avais l'impression que les soldats avaient tellement de difficulté à supporter notre détresse que leur rage les transformait en véritables bêtes. Ils voulaient peut-être nous laisser entendre qu'ils n'avaient pas vraiment d'autre choix que d'agir ainsi, qu'ils ne faisaient qu'obéir aux ordres et ne pouvaient rien y changer. Sinon, ils risquaient de devenir fous…

Une autre épreuve se répétait tous les mois, pour tenter de nous inférioriser et nous déshumaniser, comme si les soldats voulaient prouver à l'ennemi que, si nous n'abdiquions pas devant l'Allemagne, ils continueraient à nous maltraiter. Pourtant, nous n'étions que des fourmis ennemies cachées à trois cents pieds sous terre. Nous ne pouvions servir d'exemple à personne. Les cruautés qu'ils nous infligeaient témoignaient de leur frustration de ne pas avoir gagné la guerre aussi facilement qu'ils l'auraient cru.

Nous pensions que certains soldats avaient pour mission d'inventer de nouvelles tortures, juste pour épater leur *Führer*.

Ainsi, une fois par mois, nos gardiens nous obligeaient à défiler nues devant eux, pendant qu'ils nous montraient du doigt et se moquaient de nous.

Leurs rires gras et bruyants résonnent encore dans mes oreilles.

Il arrivait que pendant cette parade, exécutée devant deux officiers et quelques soldats, des filles eussent leurs règles. Cela les amusait davantage. Heureusement, depuis mon arrestation, mon cycle menstruel avait cessé (ce qui m'a causé de nombreux problèmes plus tard). Quoi qu'il en soit, il s'agissait pour moi d'une humiliation de moins. Mathilde était notre guide et formulait ses recommandations. Elle nous disait de nous tenir le dos très droit, et surtout de toujours regarder les voyeurs dans les yeux, sans ciller. Au terme de cet exercice humiliant, plusieurs filles n'avaient plus la force de continuer. Il n'était pas rare d'en entendre quelques-unes crier qu'elles voulaient mourir et qu'on les aide à se suicider, tellement la douleur morale était insupportable. Notre groupe de quatre, quant à lui, demeurait encore plus soudé, et nous étions convaincues que nous allions survivre. Aussi invraisemblable que cela puisse paraître, nous étions gonflées à bloc. Notre rage de vivre était si forte que nous n'avions qu'une seule envie, celle de cracher sur chaque Allemand.

Vers la fin de la deuxième année, les punitions pour tout et pour rien commencèrent à pleuvoir. Une gamelle mal rangée, un rang mal fait lors du compte, une minute de retard au travail, tout était prétexte à sanction. Cela pouvait signifier le cachot pendant quelques jours, avec ou sans lumière, une ration de soupe tous les quatre jours seulement, ou un séjour dans une cellule où l'on était inondée jusqu'aux chevilles.

Parfois, nos gardiens obligeaient les prisonnières à se punir entre elles. Un jour, une prisonnière russe tenta de s'évader sans succès. Les trois autres détenues qui partageaient sa paillasse furent punies. Pendant deux jours et demi, elles durent demeurer debout, châtiment que les militaires appelaient « la pose », puis ce furent trois jours de privation de nourriture. Ensuite, plutôt que de sanctionner eux-mêmes la fugitive, ils l'ont remise entre les mains de ses codétenues pour qu'elles la punissent. Alors les filles l'ont battue à mort ! Les Allemands connaissaient vraiment tous les moyens d'abrutir les êtres humains.

J'ai aussi vécu des expériences pour le moins insolites, surtout quand on tient compte de la situation dans laquelle je me trouvais. Ainsi, un matin, pendant que je travaillais, j'ai cru entendre quelqu'un me parler à voix basse. L'agrafeuse faisait du bruit, et je ne comprenais pas trop d'où venait cette voix. Quoi qu'il en soit, je continuai de travailler.

Puis, de nouveau, entre deux coups de pédale, j'ai entendu quelqu'un chuchoter à côté de moi. Aussi incroyable que cela puisse paraître, un jeune soldat de garde tentait de me parler. J'ai d'abord cru que je divaguais, tellement la chose me semblait incroyable. Mais le soldat revint en ralentissant son pas, pour être plus près de mon emplacement. « C'est moi qui vous parle. Bonjour ! » Au moment où il repassa devant moi, il me dit bonjour de nouveau. Cette fois, j'avais bien identifié mon interlocuteur. J'étais stupéfaite, ça dépassait tout entendement.

J'ai baissé les yeux comme si de rien n'était. Je ne pouvais pas lui répondre ; après tout, c'était peut-être une ruse. Si j'ouvrais la bouche, il y aurait sûrement de graves conséquences. Aussi, constatant mon désarroi, il tenta de me rassurer : « Je ne veux pas vous effrayer, je veux simplement discuter avec vous, si vous le voulez, bien entendu. »

Cette idée de discuter avec un bourreau pouvait sembler diabolique et j'hésitai, bien évidemment. Il poursuivit : « Je ne suis pas celui que vous croyez. Je vous assure que ce n'est pas un piège, je sais parfaitement que nous risquons tous les deux de graves représailles, mais c'est plus fort que moi. Je vous observe depuis quelques jours et j'ai vu en vous une si grande force de caractère que j'ai eu envie de vous parler, pour en connaître un peu plus sur vous. Je tenais vraiment à vous dire que je suis très malheureux de ce qui se passe en ce moment. Je ne veux pas me justifier. Je tenais juste à ce que vous sachiez que ce ne sont pas tous les Allemands qui sont d'accord avec cette guerre. J'aimerais surtout clarifier avec vous que nous ne sommes pas tous des hommes sans cœur. Si vous acceptez de m'adresser la parole, nous agirons avec une extrême prudence. Nous nous parlerons sans trop bouger la bouche et sans nous regarder. Je ne peux faire confiance à personne, moi non plus, parce que certains soldats sont très endoctrinés et ils dénoncent les plus humains d'entre nous. Si cela peut vous rassurer, j'ai bien calculé les risques. Par exemple, la disposition de l'agrafeuse avec laquelle vous travaillez facilite l'échange, puisqu'elle est à une bonne distance des autres soldats de garde. Je peux facilement, de l'endroit où je me trouve, voir l'escalier d'entrée. Quand je soupçonnerai un danger ou que je nous sentirai observés, je cesserai immédiatement la conversation pour votre sécurité et la mienne.»

Et il continua, sans me demander mon accord : «Bon, je commence, je m'appelle Franz. Vous vous demandez sûrement pourquoi je vous parle en français ? C'est que j'ai fait une partie de mes études à Paris. J'y ai vécu deux ans.»

Je ne le regardais même pas. J'avais vraiment peur que ce soit un piège. Quelques instants après que le sifflet de la fin du quart de travail se fut fait entendre, il me dit : «À demain !»

J'étais sous le choc.

Le soir venu, j'attendis le couvre-feu de 20 heures et que toutes les lumières soient éteintes pour raconter mon histoire aux filles. Collées les unes contre les autres, Simone au bout de la rangée, moi à côté d'elle, Iréna et Mathilde à l'autre bout, je leur chuchotai ma conversation avec le soldat.

Aussitôt, Simone et Iréna me mirent en garde : «Il ne faut jamais faire confiance à l'ennemi», me répétèrent-elles. Ni l'une ni l'autre ne croyaient en la bonté du soldat allemand. «Il a sûrement quelque chose à te demander», dirent-elles. «Tu l'as cru quand il t'a expliqué qu'il t'adressait la parole parce qu'il admirait ta force de caractère ? me demanda Mathilde avant d'ajouter : Il va falloir te protéger, non seulement des soldats, mais surtout des hommes.»

Je n'ai pas très bien compris ce qu'elle entendait par là. Elles ont toutes insisté pour que je cesse immédiatement ces échanges.

Le lendemain matin, aussitôt levée, Simone me rappela, encore une fois, la consigne. Si jamais ce soldat était encore de garde aujourd'hui, je devais l'ignorer. Je ne lui promis rien, j'acquiesçai pour me défaire d'elle et me rendis sur mon lieu de travail. Franz était toujours de garde. Bizarrement, j'ai éprouvé une drôle de petite joie lorsque je l'ai aperçu. Était-ce seulement parce qu'il s'intéressait à moi ?

Franz attendit patiemment que tout le monde regagne son poste de travail et que le bruit régulier des machines reprenne avant de tenter de m'approcher. Moi, je profitai des instants où il ne me regardait pas pour l'observer. Je pris mon temps pour le détailler. Il avait des cheveux blonds, des yeux trop bleus pour être méchants, des traits fins, des mains larges. Je sursautai lorsqu'il me salua. Il répéta son nom et me demanda le mien. Je ne lui répondis pas. Il essayait de se faire plus rassurant : «Je comprends très bien votre silence, après ce que vous avez vécu. Je vais vous raconter mon histoire et vous déciderez, ensuite, si je mérite votre attention.»

Pendant que je poursuivais mon travail, je l'écoutais se décrire, sans jamais le regarder.

«Je m'appelle Franz Weis. Je viens de Garmisch-Partenkirchen, près de la frontière autrichienne, en Bavière. Ces deux villages ont été fusionnés en 1935, par ordre de Hitler, en prévision des Jeux olympiques d'hiver de 1936. Garmisch a été construit dans une magnifique vallée entourée de montagnes, dont l'une est le sommet le plus haut d'Allemagne, le Zugspitze. Si un jour vous pouvez venir visiter cet endroit, vous verrez comme c'est joli.

« Dans ma famille, on est soldat depuis trois générations, mon père a combattu durant la Première Guerre mondiale. C'est quelqu'un de très froid et, pour lui, un homme ne doit jamais montrer ses sentiments. Vous devinez qu'il était hors de question que son fils évite le service militaire. Je ne sais pas s'il est fier que j'aie obtenu mon diplôme en histoire à Paris, car il ne me l'a jamais dit. J'ai l'impression que je n'en ferai jamais assez pour qu'il me regarde avec fierté. C'est pour cela que je le hais parfois.

« Paris est une ville captivante, j'y ai vécu deux ans. Ce furent les années les plus enrichissantes de ma vie. Je suis tombé profondément amoureux de cette ville et mon seul désir, après cette guerre épouvantable, si je m'en sors vivant bien sûr, est de retourner vivre là-bas et de devenir journaliste. »

Franz s'était emballé dans son récit. Il avait oublié de parler à voix basse. Il me demanda : « Est-ce que vous y êtes allée ? » Il ne savait pas à quel point j'avais envie de lui répondre, mais je n'en fis rien. « Bien, ne me répondez pas, je comprends. » Et il continua :

« C'est une ville passionnante, élégante et romantique, en raison de son architecture, de ses grandes avenues, de ses parcs immenses. Ce qui me revient toujours en tête, ce sont mes balades sur les Champs-Élysées, en fin d'après-midi, c'était féerique. Les arbres qui bordent cette avenue sont extrêmement bien entretenus. On y trouve de nombreux bistros où l'on peut déguster un bon café au lait, tout en observant les femmes avec leurs tenues élégantes et les messieurs toujours bien mis.

Il y a aussi la place de la Concorde et l'obélisque offert à la ville par les Égyptiens, le bois de Boulogne, la tour Eiffel, avec sa surprenante structure métallique dont on a tant entendu parler depuis l'Exposition universelle. J'habitais une petite pension, rue Washington, dans un beau quartier. Je suis allé voir *Carmen* à l'Opéra-Comique, j'ai vu le musée Grévin et ses personnages de cire, ce sont des choses uniques. Vivre à Paris, c'est baigner dans l'art et la science. Paris me comble de bonheur et, quand j'y habitais, je me sentais fébrile et ouvert sur l'avenir.»

Je m'apprêtais à lui répondre quand un officier a failli nous surprendre. Franz s'arrêta net, il ne l'avait pas entendu venir.

*

Ce soir-là, une fois installées sur la paillasse, Simone et Iréna s'empressèrent de me demander si j'avais parlé au soldat. Je leur répondis qu'il n'y avait pas eu d'échange. Je me demandais pourquoi je ressentais le besoin de leur cacher la vérité.

Je fis un examen de conscience, en me demandant à quand remontait mon dernier mensonge. Je n'en avais aucun souvenir, car il n'est pas dans mes habitudes de mentir. J'ai toujours été, il me semble, directe et franche. Il est vrai que la vie que j'avais menée jusqu'à maintenant avait favorisé cette attitude.

Je ne voulais certes pas que les filles me fassent la morale, j'avais mon amour-propre. Mais autre chose me poussait à garder cette histoire secrète. Il y avait cet étrange petit feu qui venait de s'allumer en moi.

Je me posais des tas de questions et j'avais du mal à m'endormir. Qu'avait-il pu trouver d'intéressant chez moi pour qu'il me choisisse afin de discuter ainsi ? Ce n'était pas la première fois qu'un soldat tentait de communiquer avec les prisonnières. À Vittel, lorsque je distribuais les médicaments, le soir, avec la religieuse de ma congrégation, j'avais souvent vu des soldats de garde tenter de nous adresser la parole. Ils devaient, eux aussi, vouloir nous dire que les Allemands n'étaient pas tous des salauds et qu'ils ne faisaient qu'obéir aux ordres.

Franz me rappelait, pour la première fois, l'envers de la médaille. Je ne m'étais jamais demandé, depuis mon arrestation, si, parmi les soldats que nous croisions tous les jours, certains détestaient leur situation. Il devait bien y en avoir, et Franz n'était peut-être pas le seul. J'étais portée à lui accorder le bénéfice du doute et je me disais qu'à son instar il devait y avoir certains Allemands qui n'étaient pas d'accord avec ce qui se passait. Les soldats avaient, eux aussi, des mères et des femmes qui les aimaient, qui ressentaient la même peur et la même inquiétude pour leur vie, comme toutes les femmes du monde entier. J'en arrivai à la conclusion que chaque peuple possède un peu d'humanité.

Quand Franz m'avait confié qu'il m'observait depuis quelque temps, j'en avais été bouleversée. Cela me semblait invraisemblable. J'avais beau fouiller dans ma mémoire, je ne me rappelais pas avoir été épiée ni avoir croisé, ne serait-ce qu'un seul instant, son regard. Il me semblait que je me serais souvenue de ses yeux si bleus.

*

J'étais parfaitement consciente qu'un lien était en train de se créer, mais pourquoi aurais-je dû me sentir coupable ? Ce n'était qu'un échange amical, après tout. Ce rapprochement fut, pour moi, un baume sur la laideur et la souffrance du camp de concentration. Petit à petit, ma tête se remplissait de souvenirs agréables qui m'aidaient à chasser les atrocités que j'avais vues depuis que j'étais au camp. J'avais de la difficulté à comprendre comment l'extrême cruauté pouvait faire place si rapidement à l'espoir.

Tous ces questionnements me causaient de l'insomnie, malgré l'épuisement occasionné par la journée de travail. En réalité, je ne sentais plus la fatigue.

Ce soir-là, Simone, Iréna et moi sommes demeurées éveillées une bonne partie de la nuit. Mathilde n'était pas encore arrivée sur la paillasse. C'était la deuxième fois que cela se produisait. La première fois, elle nous avait simplement dit qu'il ne fallait s'inquiéter, que tout allait bien. Mais il y avait une telle froideur dans ses explications que nous n'avions pas osé poser de questions. Peut-être que, plus tard, elle nous raconterait le motif de son absence.

Finalement, j'ai arrêté de m'inquiéter pour Mathilde et je me suis mise à repasser en boucle la journée écoulée. La nuit me semblait soudainement trop longue et j'avais hâte que le jour se lève pour revoir Franz.

QUATRIÈME CAHIER

LE DÉBUT

Je n'avais pas revu Franz depuis deux jours maintenant, et j'étais inquiète. L'avait-on vu me parler ? Lui était-il arrivé quelque chose de grave ? Pendant mon travail, je surveillais constamment l'escalier de l'entrée, dans l'espoir de le voir apparaître. Je ne comprenais pas le sentiment que j'éprouvais pour une personne que je n'avais rencontrée que deux fois et qui, en plus, était dans le camp ennemi. C'était totalement absurde. Il s'agissait d'un soldat allemand, que je ne connaissais pas et en qui je ne pouvais avoir confiance. Et pourtant, j'éprouvais un grand vide, comme si je venais de perdre un nouvel ami dont j'aurais voulu tout savoir et avec qui j'aurais voulu m'entretenir le plus longtemps possible.

Que s'était-il passé pour qu'il m'envahisse à ce point ? Ces sentiments me semblaient par ailleurs tordus, parce qu'il y avait autre chose que de la simple amitié dans ce que j'éprouvais pour lui. J'ignorais tout de la force d'attraction entre un homme et une femme. Aurais-je ressenti les mêmes sentiments pour un autre homme qui m'aurait accordé autant d'attention ? Quoi qu'il en soit, ce n'était vraiment pas le bon moment pour vivre une pareille histoire.

J'essayai de chasser Franz de ma tête. J'avais beaucoup de difficulté à me concentrer sur mon travail. Pourtant, il le fallait et je ne pouvais me permettre une seule erreur. Une semaine ou deux auparavant, une balle avait explosé au visage d'une jeune fille qui accomplissait la même tâche, car elle l'avait mal fixée sur la ceinture de la mitrailleuse. C'était affreux, elle avait été complètement défigurée. Quelques filles avaient essayé de l'aider, mais nous n'avions que des torchons sales. Elle hurlait et nous étions impuissantes à faire quoi que ce soit pour la secourir. Les soldats l'ont conduite à l'hôpital et nous n'avons plus jamais revu cette fille.

Certaines nous ont raconté que l'infection s'était rapidement propagée. La fille était inconsciente. Alors les militaires l'ont transportée ailleurs pour la tuer. Longtemps je me suis souvenue de cette fille au visage défiguré, et j'avais toujours peur de subir le même sort.

Je travaillais sans entrain ; j'étais plongée dans mon combat intérieur, me répétant inlassablement que je ne devais pas être affectée par ce Franz. Pour m'en persuader, je me disais que je ne pouvais m'attacher à quelqu'un que je ne reverrais jamais. Avant de le connaître, je commençais à peine à me faire à l'idée que je serais en détention pendant longtemps et qu'il me faudrait beaucoup de courage et surtout de l'énergie pour entretenir ma haine. Je ne voulais pas m'attendrir devant l'ennemi, surtout que les autres soldats ne lui ressemblaient aucunement.

Je voulais conserver ma fureur de vivre, celle qui me permettrait de leur cracher au visage un jour en leur criant : «Vous ne m'aurez pas, et je sortirai d'ici vivante!»

Je me demandais si Franz était une exception dans toute cette abomination, la preuve qu'un être humain peut être fondamentalement bon? Si oui, ce serait, pour moi, une lueur d'espoir, et il en fallait pour supporter l'enfermement. Si jamais je ne le revoyais plus, il me resterait à tout le moins son souvenir, en attendant le jour de la libération.

Je ne voulais surtout pas que mes camarades s'aperçoivent de mon état mélancolique et je faisais très attention lorsque je les retrouvais, au moment du coucher. Néanmoins, je continuais de m'interroger, une partie de la nuit, sur mes sentiments pour Franz.

*

Une nuit, un événement inusité m'empêcha de trouver le sommeil. Krystina, une Polonaise, était notre voisine de paillasse. Elle avait été arrêtée, comme toutes les filles du camp, pour d'obscures raisons, et elle était arrivée ici en même temps que son mari. Celui-ci avait été conduit dans la section des hommes.

Krystina, enceinte de sept mois, se tordait de douleur, mais il était trop tôt pour donner naissance au bébé. Pour Simone, qui assistait souvent sa mère, une sage-femme, c'était presque normal que le travail ait déjà commencé, en raison des dures conditions de vie au camp. De plus, elle avait perdu beaucoup de poids. Depuis près de deux mois, chacune d'entre nous se relayait pour faire son travail afin qu'elle se repose le plus possible. Malgré tous nos efforts, sa situation s'était compliquée. Elle était en proie à de fortes contractions. À tour de rôle, nous tentions de la réchauffer et de la réconforter. Nous ne voulions pas l'envoyer trop tôt à l'infirmerie où elle se retrouverait seule. Simone enroula Krystina dans une vieille veste de laine, qu'elle avait dérobée aux cuisines.

Nous avons gardé Krystina avec nous tant que nous avons pu. Puis, au milieu de la nuit, nous l'avons aidée à marcher jusqu'à l'infirmerie. Simone demeura avec elle jusqu'à ce qu'elle accouche, quelques minutes plus tard, d'une belle petite fille, appelée Inga, en l'honneur de sa meilleure amie polonaise.

Nous étions toutes épuisées. Il ne restait plus qu'une trentaine de minutes avant le réveil et je me sentais triste et abattue. J'ai donc commencé ma journée avec une énorme fatigue. Je me suis dirigée vers mon lieu de travail, la tête basse, sans énergie. L'absence de Franz, depuis quelques jours, ajoutait encore à mon désarroi.

J'évitais de regarder autour de moi, par peur d'être déçue encore une fois, et je me concentrais sur ma machine. Puis, à un moment donné, sans m'y attendre, j'ai croisé le regard de Franz. Aussitôt, ma fatigue disparut. J'avais tellement craint de ne plus le revoir que je décidai, ce jour-là, de lui adresser la parole. Franz semblait, lui aussi, content de me revoir. Il m'expliqua qu'on lui avait demandé de traduire des textes et que, pendant deux jours, il avait travaillé dans les bureaux du poste de commandement.

Avant de prendre la décision de lui parler, je fis un dernier examen de conscience, comme toute bonne religieuse. Enfin, pour ce qu'il restait de la religieuse en moi... Est-ce que mon intuition était juste ? Est-ce que cet homme était bon ? Depuis qu'il avait commencé à me parler, je n'avais jamais senti qu'il me racontait des histoires. Même si je n'avais pas fréquenté beaucoup d'êtres humains dans ma jeune vie de couventine, je pensais avoir un don pour savoir si une personne était bonne ou mauvaise. D'ailleurs, les religieuses m'avaient souvent félicitée pour mon flair.

J'étais parfaitement au courant du danger que je courais, mais la sanction pouvait-elle être plus atroce que ce que je vivais depuis mon arrivée dans ce camp ? Je savais que mes camarades de paillasse ne seraient pas d'accord avec ce que je m'apprêtais à faire. Selon elles, les Allemands étaient hypocrites et il ne fallait pas leur accorder notre confiance. J'avais cependant mon petit caractère qui me poussait souvent à faire le contraire de ce qu'on attendait de moi. J'avais envie d'en savoir plus sur la vie de Franz, qu'il me raconte son pays, ses ambitions et ses projets. J'avais aussi besoin de croire en la bonté du monde. « Advienne que pourra », me suis-je dit.

Je lui posai donc une première question, qui me hantait depuis le début : « Pourquoi moi ? » Il demeura bouche bée pendant quelques secondes, avant de murmurer :

« Pardon ?

— Pourquoi m'avez-vous choisie pour faire la conversation? Il y a tellement de personnes ici à qui vous auriez pu parler. Vous m'avez dit, la première fois, que vous m'observiez depuis quelques jours. Qu'est-ce que j'ai de si différent des autres?»

Il hésita encore quelques secondes avant de répondre. Je me demandais s'il me faisait vraiment confiance, parce que j'aurais très bien pu le dénoncer, moi aussi, pour m'attirer quelques faveurs de ses officiers supérieurs.

Il m'expliqua doucement qu'il avait tout de suite remarqué ma façon de regarder les soldats dans les yeux quand ils me donnaient un ordre. La franchise de mon regard l'avait beaucoup impressionné. Il me parla de la posture de mon corps, toujours droit, jamais en position de victime, et il ajouta que je dégageais une force qui, pour lui, était à la limite de la provocation.

Il me dit également qu'il me trouvait intéressante et qu'il voulait que j'aie une bonne opinion de lui. Il insista pour préciser qu'il n'était pas un tortionnaire ni un sans-cœur, qu'il était humain, avec ses faiblesses et des sentiments.

«Je n'en ai rien à faire de ce conflit, avoua-t-il. Avant la guerre, mon seul désir était d'être journaliste et de voyager partout dans le monde. Depuis le début de la guerre, je remercie le ciel tous les jours de ne pas avoir eu à accomplir d'ordres inhumains. J'ai pu m'en sortir parce que j'ai effectué beaucoup de travail de traduction et d'administration. Je sais par contre que, très bientôt, je serai envoyé au front parce que nous avons perdu beaucoup plus de soldats que prévu.»

Il se tut brusquement et reprit sa ronde pour vérifier que personne ne l'avait vu ou entendu me parler. De mon côté, il me fallut quelques secondes pour me remettre de ce qu'il venait de dire à mon sujet. Je ne m'attendais pas à autant d'intérêt et de compliments de la part d'une personne que j'étais censée haïr profondément. Était-il honnête ? Je sentais qu'il était franc et convaincu de ce qu'il affirmait.

Je me demandais, par ailleurs, pourquoi je ressentais une réelle excitation lorsque je l'apercevais et qu'il m'adressait la parole, pourquoi mon cœur se mettait à battre plus rapidement. Même si l'émotion me serrait la gorge et si j'avais envie de pleurer, je devais me retenir pour ne pas attirer l'attention. La comparaison peut sembler boiteuse, mais j'avais l'impression d'être une enfant qui venait d'être choisie dans un orphelinat et qui tombait, instantanément, amoureuse de ses parents. Qui pouvait m'expliquer ce qui se passait en moi ? Je ne pouvais me confier à personne, et cela ajoutait à ma confusion.

Au moment où j'allais lui poser une autre question, nous avons entendu des pas rapides dans le grand escalier. Deux soldats sont venus chercher une femme, que nous n'avons jamais revue, bien sûr. Elle était française, et sans doute faisait-elle partie de la Résistance et voulaient-ils la forcer à parler, c'était fréquent. Mathilde me confirmerait, plus tard en soirée, mes appréhensions. Cette femme était l'épouse d'un résistant très actif et elle avait souvent parlé, avec ses camarades de paillasse, des exploits de son homme.

Quand la sirène de midi retentit, le quart de travail de Franz se termina. Nous nous sommes observés discrètement. Notre regard semblait dire : « Dommage et peut-être à bientôt ! »

Tout le reste de la journée s'écoula rapidement, je flottais comme sur un nuage. Cette nouvelle amitié était en train de me transformer. Je regardais les autres femmes autour de moi, amaigries, sans cheveux, les traits du visage creusés, et je songeais que je devais certainement leur ressembler. J'essayais de comprendre pourquoi Franz s'intéressait à moi, alors que je n'avais jamais été aussi moche de toute ma vie. Avait-il une idée derrière la tête, quelque chose à me demander ? Qu'avais-je à lui offrir ?

J'ai fini par me convaincre que nos conversations étaient purement d'ordre amical, puisque, de mon côté, je n'avais aucun attribut qui pouvait ressembler à ceux d'une femme à ce moment-là. Mais est-ce qu'une amitié peut causer autant de remous intérieurs ? J'avais envie d'en discuter avec Simone pour qu'elle m'explique ce qui se passait en moi, sauf que j'avais peur de sa colère. Il était encore trop tôt pour partager mon secret, ou trop tard. Tout était embrouillé dans ma tête.

*

Le soir, en arrivant sur la paillasse, j'ai remarqué qu'Iréna était plus fiévreuse que la veille. La nuit précédente, elle s'était blottie contre mon dos, plus près que d'habitude, parce qu'elle grelottait. Sa température ne baissait pas, j'ignorais même comment elle avait pu finir sa journée de travail. Une demi-heure après la ration du soir qu'elle n'avait pu avaler, sa fièvre était si forte qu'elle s'est mise à délirer. Simone était dans tous ses états. Elle me demanda ce que nous devions faire, mais je n'en savais rien.

Bien que Mathilde ne fût pas encore revenue de son quart de travail, nous avons décidé d'envoyer Iréna à l'infirmerie même si nous nous étions juré de ne jamais prendre de décision sans le consentement des quatre. Nous n'avions guère le choix, car nous ne savions pas où Mathilde se trouvait.

Je suis allée chercher le soldat de garde et lui ai indiqué de me suivre. Il a regardé Iréna, sans la toucher bien sûr, et il est revenu avec deux responsables de l'infirmerie. Simone et moi les avons aidés à la déposer sur le brancard et ils l'ont emmenée. En la soulevant, nous nous sommes rendu compte qu'elle était très maigre et fragile. Nous nous demandions toutes les deux si elle allait s'en sortir. Nous avons beaucoup pleuré. J'ai prié de toutes mes forces, en réalisant, du même coup, que je priais de moins en moins.

Quand Mathilde est revenue, nous lui avons raconté ce qui s'était passé. Elle s'est mise en colère. Elle a rappelé que nous avions pourtant prêté serment. Elle avait de bonnes raisons de croire qu'Iréna ne reviendrait plus parmi nous, surtout si on découvrait, à l'infirmerie, son tatouage sur le bras. Nous avons tenté de la rassurer. Avec cette fièvre, lui avons-nous dit, personne n'oserait la toucher, de peur qu'elle soit contagieuse.

Mathilde continuait de nous reprocher notre décision. Elle aurait pu faire quelque chose, affirmait-elle. Pourtant, Simone et moi avions tout tenté pour l'aider, et nous ne voyions pas ce que nous aurions pu faire de plus. Nous avons demandé à Mathilde comment elle aurait réagi à notre place, et elle nous a répondu sèchement qu'elle aurait pu trouver des médicaments. Pour nous prouver ce qu'elle avançait, elle sortit un petit paquet enveloppé dans un torchon qu'elle avait caché sous sa robe et le lança sur la paillasse. Le paquet contenait un saucisson à partager à l'heure d'aller au lit. Simone s'empressa de recouvrir le saucisson pour que personne ne le voie et elle ordonna à Mathilde de se calmer :

« Je ne veux pas savoir où tu as pris cette viande, lui dit-elle, j'attendrai que tu sois disposée à nous expliquer tes absences. Pour le moment, tu n'as pas le droit de nous blâmer d'avoir pris une décision sans toi. Tu n'étais pas là et nous étions inquiètes. Je n'ai pas envie qu'Armande et moi soyons punies parce que tu gueules trop fort. Peux-tu changer de ton, s'il te plaît ? »

Mathilde se calma. Elle savait que Simone avait eu raison de lui parler comme cela. Doucement, elle se mit à nous raconter que, grâce à son travail de comptable, elle était en contact avec deux officiers qui pouvaient lui accorder quelques privilèges. Ils estimaient qu'elle travaillait bien ; les inventaires n'avaient jamais été aussi bien faits et les comptes plus transparents. Ils vérifiaient souvent les livres et ils n'avaient découvert aucune erreur. Ce saucisson était le premier cadeau qu'on lui avait donné. Nous ne lui avons posé aucune autre question.

J'aurais aimé leur raconter ce que j'avais vécu aujourd'hui avec Franz. Avec leur expérience, elles auraient pu m'expliquer et analyser ce que je ressentais pour lui. Mais je préférais garder mon secret et je n'avais aucune envie qu'elles me fassent la morale. Nous étions suffisamment inquiètes du sort d'Iréna et nous nous sommes mises à imaginer des plans pour avoir accès à l'infirmerie.

Dès que les lumières se sont éteintes, nous nous sommes partagé le saucisson, en le mangeant en silence. Nous avons remercié Mathilde du fond du cœur pour ce cadeau qui lui avait coûté, sans aucun doute, beaucoup d'efforts. Bien sûr, nous avons camouflé dans notre paillasse la part d'Iréna.

*

Le lendemain, nous avions à peine ouvert les yeux qu'un officier nous amena une autre fille pour partager notre paillasse. Est-ce que cela voulait dire qu'Iréna n'avait pas survécu à sa fièvre ? Nous n'en savions rien. En attendant, nous devions partager notre gamelle de liquide brun avec cette étrangère. Personne ne voulait faire de discrimination, nous étions toutes dans la même galère, et notre force, c'était l'entraide. Nous le comprenions toutes très bien. N'empêche que l'arrivée d'une autre détenue qui prenait la place de celle qui était devenue notre amie et que nous voulions sauver de la mort était difficile à accepter. Iréna s'était transformée en un emblème, elle était celle qui nous motivait dans notre lutte pour la survie et celle que nous défendions toutes, à nos risques et périls. Nous ne pouvions, pour toutes ces raisons, nous montrer conciliantes avec la nouvelle venue.

Mais nous n'avons guère eu le temps de lui parler. La routine de la journée nous appelait. Simone et Mathilde allaient tenter, chacune de leur côté, d'en savoir plus sur l'état de santé d'Iréna. Bien sûr, j'étais très inquiète pour Iréna et n'appréciais pas qu'on l'ait remplacée ainsi. Malgré tout, Franz occupait toutes mes pensées.

Je m'installai devant ma machine et je vis Franz s'approcher de moi. Je me suis mise à trembler. Il semblait vraiment heureux de me voir et souriait franchement. Il voulut savoir si j'allais bien.

«Je peux vous dire, Franz, qu'à part nos conversations qui me font un grand bien, tout le reste me décourage. Surtout, je me demande comment je trouverai la force d'aller jusqu'au bout. Je ne sais rien de ce conflit, je ne connais même pas les raisons exactes de mon arrestation. Est-ce que vous pourriez m'en dire un peu plus? Est-ce que ce sera encore long? Combien de temps allons-nous vivre dans cette situation, sans dignité aucune?»

J'osai ensuite lui parler de son chef: «Tout le monde ici dit que Hitler est fou.» Je réalisai que je venais de prononcer des mots très graves. Comment être certaine que Franz ne se retournerait pas contre moi? Et puis quelqu'un aurait pu m'entendre…

Je jetai un œil autour de moi, tout semblait normal. Franz regarda aussi autour de lui. Puis il me répondit en parlant plus vite que d'habitude:

«De nombreux Allemands, moi y compris, pensent que c'est un homme très dangereux. Déjà, dans un de ses discours, en 1928, il avait déclaré que, dans une lutte pour la vie, le plus fort, le plus capable gagnait, alors que le moins capable, le faible, perdait. Hitler dirige son parti selon une fausse interprétation de l'œuvre de Charles Darwin et de sa théorie de la sélection naturelle. C'est ce qui nous aide à comprendre l'idéologie du nazisme, pour qui l'homme est un animal avec des valeurs animales. La brute qui gagne doit gagner si elle est la plus forte. L'enfant qui meurt doit mourir s'il est le plus faible.»

J'étais fascinée par ce qu'il me disait. Je commençais à mieux comprendre la façon de penser de Hitler, même si j'étais loin d'avoir saisi tous les aspects de la théorie nazie.

Franz regarda sa montre. Son tour de garde était presque terminé. Il se tourna vers moi avec un air triste. J'étais touchée. Je n'avais aucune expérience de la vie, mais j'étais suffisamment intelligente pour comprendre que la suite de ce que j'appelais pour l'instant une liaison amicale ne serait pas de tout repos.

LA BLESSURE

En me réveillant le matin suivant, j'ai demandé à Simone comment elle me trouvait. Elle fut intriguée par ma question : «Pourquoi veux-tu savoir cela ? J'espère que tu n'as pas parlé avec ce soldat ? » J'ai répondu une demi-seconde trop tard. Simone avait deviné. Elle s'est pris la tête à deux mains : « Non, non, ce n'est pas vrai, je rêve ! »

Je lui ai promis de régler cette relation seule et de tout lui raconter, à condition qu'elle ne me fasse aucune critique. Elle a ouvert la bouche, mais rien n'est sorti. Finalement, elle m'a dit que mon visage n'était pas trop amaigri, que mes joues n'étaient pas trop creusées et que j'avais encore une petite figure de poupée. Je l'ai embrassée sur la joue et je suis partie travailler.

Il était déjà là ! J'avais peur qu'il s'aperçoive de mon agitation et j'essayais d'avoir l'air détendu. Il me demanda si je voulais que nous poursuivions notre conversation de la veille.

Sans m'arrêter de travailler, je lui fis signe que oui. Avant qu'il commence à me parler, je lui ai demandé, très vite et sans lever le ton, pourquoi cette haine envers les Juifs et cet acharnement contre ce peuple? Franz me répondit que la persécution du peuple juif ne datait pas d'hier, malheureusement. Les Juifs étaient victimes de préjugés depuis des siècles, et certaines professions leur étaient même interdites.

« Il n'y a pas si longtemps, me dit Franz, les Juifs ne pouvaient ni posséder de terres ni les cultiver. Après la Première Guerre mondiale, l'antisémitisme était une chose banale en Allemagne. Ce n'est que récemment que l'existence des camps d'extermination a été confirmée. Lorsque les gens nous racontaient de telles horreurs, nous ne voulions pas les croire. Au début, il y a eu le déni, puis il a bien fallu admettre que ça existait. Alors la honte s'est installée. Les gens se sont tus et ont fait comme si cela était faux. Le premier de ces camps, Dachau, a ouvert ses portes au début des années 1930. Ceux qui y furent emprisonnés devaient, à leur libération, signer un document où ils s'engageaient à ne jamais parler de ce qu'ils y avaient vécu, sous peine d'être renvoyés automatiquement au camp. Nombreux furent les Allemands qui crurent ou voulurent croire que les camps de concentration étaient "simplement" des endroits où l'on punissait les ennemis du parti nazi. Ils pensaient aussi que le régime de terreur ne s'appliquait qu'aux opposants politiques et aux Juifs. Ils considéraient cela comme normal. »

Franz s'arrêta net de parler. Nous avions failli être surpris. Nous devions redoubler de vigilance.

Quand il arrêtait de me parler et de me regarder, aussitôt je me sentais seule. Et chaque fois qu'il fallait mettre fin à nos conversations, je réalisais combien il me serait difficile de continuer à supporter l'horreur si jamais je ne le revoyais plus. Lorsqu'il partit, je me concentrai sur mon travail et baissai les yeux pour qu'on ne me voie pas pleurer.

*

Quatre jours passèrent sans qu'il réapparaisse. Je ne pouvais certainement pas demander de ses nouvelles au soldat qui le remplaçait, même si j'en avais beaucoup envie.

Lorsque je le revis, le cinquième jour, mon excitation fut à son comble et j'eus du mal à me calmer. Je me demandais s'il avait la moindre idée de ce que je ressentais pendant son absence. Mais je vis, au regard qu'il me lança, qu'il avait compris.

Il m'expliqua, comme pour s'excuser, que chaque jour on l'affectait à des tâches différentes, et il ne savait jamais où il serait envoyé. C'était pour cette raison qu'il lui était impossible de me prévenir à l'avance. Cela m'a apaisée. Je décidai de profiter au maximum de chaque minute, peu importait le temps qu'il nous restait ensemble et le vide que la rupture susciterait immanquablement.

Franz me demanda encore si je désirais qu'il reprenne la conversation où nous l'avions laissée. Je lui fis signe que j'étais d'accord. Je lui rappelai même que, au moment où il avait dû s'en aller, il tentait de m'expliquer l'acharnement et le mépris des Allemands contre le peuple juif.

Franz m'expliqua alors en détail comment se déroulait la chasse aux Juifs. Des soldats avaient été spécialement entraînés pour les traquer, dans le plus grand secret. Il me révéla que 80 % des dénonciations étaient faites par de simples citoyens. Je n'en revenais pas ! Mais le plus surprenant, c'était que la police ou la Gestapo ne récompensaient même pas ceux qui livraient les Juifs. Il s'agissait de « citoyens ordinaires », qui n'étaient pas membres du parti nazi. Les Juifs se faisaient remarquer par leur façon de vivre différente de la majorité des Allemands. Ceux qui lançaient une blague sur Hitler étaient aussi susceptibles d'être trahis. Les dénonciations pouvaient également être le fruit d'intérêts personnels. On voulait s'emparer de l'appartement d'une famille juive, alors on la dénonçait. Quelqu'un trouvait ses voisins trop dérangeants, même chose.

« J'ai entendu une autre histoire tout aussi épouvantable, poursuivit-il. Le voisin juif d'un membre de ma famille a été conduit avec d'autres Juifs de Nuremberg dans un stade où l'herbe était particulièrement longue. Pour les humilier et leur montrer qu'ils étaient vraiment au bas de l'échelle, on les a forcés à couper l'herbe avec leurs dents, ou à la brouter, ni plus ni moins. Pensez-vous vraiment, Armande, que je puisse être d'accord avec cela ? »

Je commençai à pleurer, les yeux baissés sur ma machine.

Franz poursuivit :

« Si une balle pouvait mettre fin à mes jours, je n'aurais plus à avoir honte d'être allemand, plus tard, une fois la guerre terminée. Comment vais-je pouvoir vivre après ce conflit ? Il sera impossible d'agir comme si rien de tout cela n'avait existé. C'est pour cette raison que j'aimerais vivre ailleurs, non par déni, mais pour ne pas voir, tous les jours, les images et les lieux de ce massacre qui a souillé chaque Allemand.»

Le tour de garde de Franz était maintenant terminé. Il me prévint que, les deux prochaines semaines, il travaillerait du côté de l'administration. Il m'assura qu'il demanderait de revenir ici aussitôt son mandat terminé.

Au cours de la nuit suivante, mon sommeil fut des plus agités. Franz faisait désormais partie de mes rêves. Dans l'un de ces rêves, je marchais avec lui à Paris, accrochée à son bras. J'étais habillée élégamment, à l'image de ces femmes, lors de ses promenades sur les Champs-Élysées, qu'il me décrivait. Mes cheveux avaient allongé et ils étaient coiffés en chignon. Je portais un petit chapeau sur le dessus de la tête, avec une voilette qui descendait sur mon nez. Nous avions vraiment l'air d'un couple d'amoureux. Nous discutions et riions beaucoup. La journée était ensoleillée. D'ailleurs, pendant ma captivité, j'ai souvent rêvé de journées remplies de soleil, et toujours j'étais déçue au réveil. Comment peut-on passer autant d'années sans voir le jour?

Les rêves étaient, pour nous, d'une importance capitale; ils étaient nos seuls moyens d'évasion. Iréna, par exemple, nous confiait que les rêves qu'elle faisait à propos de la nourriture de sa mère la rassasiaient.

J'ai fait un autre rêve, beaucoup moins réjouissant. On nous surprenait, Franz et moi, en pleine conversation. Des officiers emmenaient Franz, et plus jamais je ne le revoyais. Tout cela était susceptible de se produire, mais je souhaitais que ce soit le plus tard possible. Je priais Dieu qu'il m'exauce. Je continuais de garder pour moi seule mes sentiments pour Franz, en essayant de préserver mes relations avec mes autres camarades.

Je commençai le compte à rebours avant le retour de Franz. Ma première journée de travail sans contact avec lui fut, sans aucun doute, la plus longue que j'ai vécue depuis mon arrivée au camp et depuis notre rencontre.

De son côté, pensait-il, à l'occasion, à nos conversations ? Étais-je en amour avec mon bourreau ou s'agissait-il tout simplement d'amitié ? Finalement, je me demandais si tout n'était pas plus facile pour moi avant ma rencontre avec Franz.

Les jours se suivaient, et ma tête était toujours aussi remplie de Franz. J'étais lasse de penser sans cesse à lui. Je passais par toute la gamme des sentiments. Je me trouvais naïve de croire en lui, idiote d'être aussi romantique. Cet homme n'était-il pas aux antipodes de mes valeurs ? Je me sentais coupable de tomber dans le piège de la jeune fille excitée par l'intérêt qu'un homme lui porte soudainement.

*

Un soir, Simone nous a confirmé qu'elle avait parlé à une prisonnière qui travaillait avec elle aux cuisines. Celle-ci était chargée d'apporter les repas aux malades de l'infirmerie et elle lui avait dressé un petit bilan de santé d'Iréna, qu'elle avait vue. Sa fièvre n'avait pas vraiment baissé, elle avait une dysenterie et était complètement déshydratée. Nous étions très inquiètes pour elle.

Il fallait trouver à tout prix un moyen de lui venir en aide, mais ce n'était pas facile. Mathilde obtint la permission d'une visite éclair à l'infirmerie. Elle voulait surtout s'assurer que le numéro tatoué sur le bras d'Iréna était toujours camouflé. Sinon elle était prête à s'en occuper.

Elle nous raconta que, en raison des épidémies de typhus qui se répandaient dans tout le camp, l'infirmerie était pleine à craquer. Iréna passait presque incognito dans tout ce brouhaha. Il était primordial de s'assurer qu'on ne l'enverrait pas ailleurs ou qu'on ne la tuerait pas. Elle avait entendu les officiers discuter entre eux. Ils disaient que les SS ne se privaient plus d'éliminer les malades et les faibles. Ces malades étaient tués par injection de phénol ou d'Épivan, car il fallait faire de la place à l'infirmerie. C'était comme euthanasier un animal malade. D'ailleurs, les SS expérimentaient différents vaccins sur les patients. Ainsi, ils laissaient sans soins certains malades atteints du typhus. Ces malades étaient appelés des «transmetteurs». Ils servaient à garder le virus vivant et à la disposition des médecins SS. Ces derniers utilisaient le sang des transmetteurs pour contaminer d'autres prisonniers.

Mathilde prit contact avec une prisonnière d'origine française qui travaillait à l'infirmerie et lui promit de lui apporter régulièrement quelques rations de nourriture supplémentaires, en échange de quoi celle-ci devait s'occuper en priorité d'Iréna. Elle ne devait surtout pas signaler son numéro tatoué sur la peau. On pouvait se fier à cette Française, semblait-il.

Pendant ce temps, nous avons appris à connaître un peu mieux la femme qui remplaçait Iréna sur notre paillasse. Elle s'appelait Karina et elle était tzigane.

Je n'avais jamais entendu ce mot-là auparavant. Après quelques jours, ou, pour être plus honnête, dès que nous fûmes certaines qu'on pouvait lui faire confiance, nous lui avons posé des questions sur son peuple. Nous avons appris que les Tziganes ont en commun une origine indienne. On les appelait également «gitans, manouches, bohémiens ou romanichels». Comme on les traitait d'impurs, ils ont commencé à voyager partout dans le monde, sans doute pour échapper au rejet de la société.

Plusieurs années après la guerre, j'ai su que les Tziganes, ce peuple nomade et sans domicile fixe, qui se déplaçaient de villes en villages dans des roulottes, avaient été l'objet d'un génocide passé presque inaperçu. Les historiens ont estimé qu'il y avait eu de deux cent cinquante mille à cinq cent mille victimes sur une population de sept cent mille personnes en Europe. Ils ont subi à peu près le même sort que les Juifs. Pendant longtemps, cette tragédie a été tue, comme si elle n'avait pas eu lieu.

Karina avait vingt-quatre ans et les yeux très noirs. Ses cils fort denses formaient une ligne noire, qui en dessinait le contour. Avant le rasage de ses cheveux, que l'on imaginait aussi noirs que ses yeux, elle devait être d'une grande beauté. Plutôt petite mais possédant une bonne carrure, elle n'avait rien d'une jeune femme frêle.

Après son arrestation, au cours d'une opération de triage, elle avait été examinée, comme un cheval de trait, et on avait conclu qu'elle serait parfaite pour les gros travaux. C'est ainsi qu'elle s'était retrouvée au camp de Buchenwald. Effectivement, sa tâche était exigeante ; elle empaquetait notre production d'armes et transportait des boîtes toute la journée.

En l'observant, j'ai remarqué qu'elle n'avait peur de rien. Elle mangeait ses portions de nourriture goulûment et j'avais l'impression qu'elle était immunisée contre toutes les maladies. Les conditions de vie difficiles de son peuple lui ont sans doute permis de survivre à l'horreur.

Elle resta avec nous tant que dura la maladie d'Iréna, c'est-à-dire longtemps. Pendant qu'Iréna était traitée contre la dysenterie, il lui poussa une bosse dans le cou, suffisamment grosse pour que le médecin en charge décide de l'opérer. Mais les conditions d'hygiène n'étaient pas les meilleures. Et ce qui devait arriver arriva. La plaie s'était infectée, du pus en sortait. Les prisonnières qui travaillaient à l'infirmerie l'épongeaient malheureusement avec des torchons sales. Finalement, au bout de trois semaines, Mathilde réussit à trouver – Dieu sait comment – des sulfamides.

*

Toujours pendant l'absence de Franz, la machine avec laquelle je travaillais tomba en panne. Je n'avais aucune idée de ce qui s'était passé. Je l'examinai avec attention, sans rien trouver d'anormal.

J'avertis aussitôt le gardien, qui faisait les cent pas devant moi, mais celui-ci continua de marcher sans me regarder. Alors je me suis mise à crier de toutes mes forces : « Hé ! Je ne peux plus travailler ! Ça ne fonctionne pas ! »

Voyant qu'il continuait de marcher en m'ignorant complètement, je lui ai tiré la langue. Il est devenu enragé et m'a frappée sur le devant de la jambe avec la baïonnette de son fusil. Puis il a repris sa marche comme si de rien n'était.

J'avais une coupure d'environ sept ou huit pouces, et la blessure saignait abondamment. Je n'avais aucun tissu propre pour arrêter le sang. Aussi me suis-je servie de ma robe pour l'éponger le plus possible et arrêter le saignement.

Je pleurais de douleur et, surtout, de rage. Je me suis rassise péniblement et, la tête baissée pour qu'il ne voie pas mes larmes, j'ai tenté de me calmer. Je ne saurais dire combien de temps s'est écoulé avant que le sifflet annonce la fin de journée. J'ai pris mon courage à deux mains et je me suis dirigée péniblement vers la salle de comptage. Lorsque les filles ont vu dans quel état je me trouvais, elles se sont précipitées vers moi pour m'aider et me soutenir. J'ai failli perdre connaissance, mais elles me tenaient bien. J'ai ainsi pu rester debout pendant la prise des présences.

Pendant que les officiers s'affairaient à autre chose, Simone en profita pour me faire un garrot avec le lacet de ma bottine. Le sang arrêta de couler. Elle me conseilla de ne pas enlever ma bottine parce qu'il serait impossible de la remettre. Elle avait raison. L'enflure s'était déjà bien installée.

Pendant deux heures, je suis restée debout et j'avais extrêmement mal.

Mathilde fit ensuite la file pour ma ration du soir. J'avais plus de douleur que d'appétit, mais Simone me conseilla de manger pour conserver mes forces.

Tout de suite après le couvre-feu, j'ai remis ma robe à Simone, qui l'a cachée sous la sienne, puis elle a demandé la permission d'aller aux toilettes, où elle a tenté de laver le sang sur ma robe avec le mince filet d'eau qui sortait du robinet.

Le torchon qui servait à envelopper le morceau de saucisson que nous gardions pour Iréna a protégé ma plaie pendant la nuit et les deux jours suivants. Mathilde déroba, au bureau des officiers, deux bouts de tissu dans une trousse de premiers soins.

Simone a tout fait pour m'aider, et son soutien me fut d'un grand réconfort. Lorsqu'elle s'occupa de ma blessure, c'était plus que de la solidarité ; j'y vis l'amour d'une mère qui veut sauver son enfant coûte que coûte. Elle le fit sans me poser « la » question qui, je le savais, lui brûlait les lèvres : « Est-ce que tu veux encore faire confiance à un soldat ? » J'ai beaucoup apprécié son silence.

Le lendemain de cette attaque sauvage, la machine avait été réparée. J'étais soulagée de constater qu'heureusement ce n'était pas le même soldat qui était de garde, ce jour-là. Je n'aurais certainement pas pu m'empêcher de le regarder avec l'agressivité d'un animal blessé. Je savais que j'aurais éclaté s'il m'avait regardée avec condescendance et que je ne serais certainement pas là aujourd'hui à écrire ces cahiers.

Cet incident avait mis mon moral à zéro. Je doutais maintenant de la bonté de Franz, je remettais en question mes discussions avec lui. J'avais fait preuve d'une certaine ouverture d'esprit envers l'ennemi, mais cela ne m'avait pas servi. Même si je m'ennuyais de Franz, j'étais moins impatiente de le revoir. Si jamais je lui reparlais un jour, je serais beaucoup moins gentille avec lui. Mon orgueil avait été touché autant que ma jambe. Je ne voulais pas que Franz me regarde comme une victime qui avait été blessée et qui ne pouvait pas riposter. Je broyais du noir, manifestement, et je devais me ressaisir. Ma hargne m'aida néanmoins à oublier quelque peu ma jambe blessée et je fus soulagée lorsque la sirène annonça la fin de cette première journée de travail après l'accident, même si j'eus énormément de difficulté à marcher jusqu'à la salle des présences.

Au bout de quelques jours, ma blessure a cicatrisé en surface, mais du centre de la coupure s'écoulait un liquide jaunâtre. Une rougeur est apparue autour de la boursouflure. Il était clair que l'infection s'était installée.

Un matin, Simone est revenue avec un morceau de pain imbibé de lait, volé aux cuisines. Elle coupa le pain en petits morceaux qu'elle appliqua aux endroits rougis, puis elle resserra le pansement autour de la plaie. J'avais déjà vu ma grand-mère utiliser ce cataplasme pour traiter une blessure qui avait du mal à guérir. En boitant, je me suis rendue au travail.

Le lait et le pain semblaient agir, puisque ma plaie s'est mise à élancer. Toute la journée, je devais me servir de ma jambe blessée pour appuyer sur la pédale qui actionnait la broche fixant la balle. Quand la blessure m'envoyait un signal de douleur, je ne pouvais m'empêcher de revoir la scène et de sentir monter en moi une grande colère.

Lorsque Simone changea mon pansement ce soir-là, nous avons constaté une nette amélioration, à cause du pain imbibé de lait, sans aucun doute. La plaie était beaucoup moins rouge, mais il y avait toujours à l'intérieur un peu de liquide jaunâtre. J'étais toujours reconnaissante envers Simone, qui m'avait fait un garrot avec le lacet de ma bottine le jour de l'accident, car, sans son intervention, je serais certainement morte d'une hémorragie. Nous vivions dans des conditions infernales, mais heureusement nos liens d'amitié étaient tissés serré, et cela nous aidait à nous surpasser pour venir en aide à notre prochain. Je n'avais jamais eu l'occasion de connaître et de vivre une telle compassion, même durant ma vie de religieuse.

Enfin, nous avons reçu des nouvelles d'Iréna. L'infection de sa plaie avait diminué, mais la diarrhée avait recommencé, et elle était beaucoup trop faible pour sortir de l'infirmerie. Comble de malheur, elle s'était fracturé le nez en tombant du brancard pour aller aux toilettes. Nous n'en pouvions plus des mauvaises nouvelles, qui affectaient aussi bien notre moral que notre état de santé physique.

Même si ma jambe me faisait souffrir, j'étais rassurée de ne pas avoir de fièvre. La gangrène me guettait si la plaie n'était pas soignée correctement. Simone et moi, nous l'examinions toujours attentivement afin de réagir sans tarder si celle-ci devenait noire, ou si elle commençait à dégager une odeur fétide. Heureusement, Mathilde réussit à trouver des sulfamides, comme elle l'avait fait pour Iréna, et ce médicament a certainement sauvé ma jambe.

Simone savait que, pour obtenir tous ces privilèges, Mathilde accordait des faveurs sexuelles aux soldats, mais elle ne soupçonnait pas la moitié de ce que les soldats lui demandaient pour chaque faveur obtenue. De mon côté, je ne savais pas vraiment ce que signifiait «donner du sexe», tout cela était des plus abstraits pour moi.

Simone s'était mariée sur le tard avec Léon. Elle avait donc connu une certaine liberté sexuelle et était beaucoup plus consciente du prix que Mathilde devait payer pour nous obtenir ces avantages. Moi qui avais de la difficulté à comprendre ce qui se passait en moi lorsque j'étais en compagnie de Franz, imaginez à quel point j'étais innocente en la matière. Je n'ai su que beaucoup plus tard ce que Mathilde avait enduré pour nous, mais je m'abstiendrai d'en parler, parce que je ne voudrais pas, en livrant certains détails sordides, ternir la mémoire d'une femme qui aurait mérité plus de médailles que certains hauts gradés, pour toutes les vies qu'elle a sauvées.

Jamais je n'oublierai ce qu'elle a dû endurer pour nous protéger de la mort. Chaque petit privilège dont nous profitions avait son prix fort, qu'elle devait payer aux soldats. Même les visites qu'elle rendait à Iréna à l'infirmerie, et qui duraient à peine cinq minutes, devaient être remboursées. Nos besoins de médicaments, à Iréna et à moi, étaient tellement criants qu'elle n'hésitait pas à provoquer les soldats pour pouvoir s'en procurer.

Je peux m'imaginer le genre de marché qu'elle a dû conclure pour empêcher que nos trois noms et le sien sortent à la Loterie de la mort. Elle s'est toujours abstenue de nous livrer les détails du pacte scellé entre elle et les militaires. Mais je me suis toujours demandé comment elle pouvait subir l'humiliation extrême et accepter d'être touchée sans le désirer, et devant même, sans doute, faire semblant d'aimer cela ? Lorsque venait le temps de la remercier, elle nous disait simplement : « Vous auriez fait pareil à ma place, c'est une question de survie. » Je pense, sincèrement, que j'aurais été beaucoup plus lâche qu'elle.

Ma jambe guérissait de jour en jour et je boitais de moins en moins. Malgré le liquide jaunâtre qui s'écoulait encore de la plaie, il n'y avait aucune infection.

J'étais toujours aussi en colère contre le soldat qui m'avait blessée mais, après mûre réflexion, je ne pouvais en vouloir à Franz. Au contraire, s'il y avait un baume à déposer sur ma blessure, et sur cette vie épouvantable, les conversations avec Franz pouvaient y contribuer.

Franz avait dit qu'il serait de retour dans deux semaines. Pour compter les jours, j'avais mis de côté, dans ma boîte de travail, une balle de mitrailleuse, après chaque journée.

Finalement, Iréna revint avec nous et Karina fut transférée. Mathilde nous rassura en nous expliquant qu'elle n'était pas trop inquiète de son sort pour le moment, parce que Karina travaillait très bien. Jamais elle ne diminuait la cadence et elle possédait une énergie hors du commun. Tant qu'il en serait ainsi, il n'y aurait pas à craindre pour sa vie. Nous avions évité de trop nous attacher, car nous savions qu'elle partirait aussitôt qu'Iréna serait de retour. C'est encore une fois Mathilde qui avait fait le « nécessaire » pour qu'Iréna, en sortant de l'infirmerie, revienne avec nous. Lorsqu'elle arriva sur la paillasse, elle était encore faible, mais elle devait absolument se présenter au travail le lendemain matin, sinon…

Iréna nous donna des nouvelles de Krystina, que nous avions entrevue brièvement depuis son accouchement. Elle ne parlait plus et regardait droit devant elle, comme un robot. Iréna nous dit que sa petite Inga n'avait survécu que trois semaines, étant donné que sa mère n'avait pas assez de lait. Bien qu'elle soit affaiblie, on l'avait forcée, très vite après la naissance, à reprendre le travail. Pendant les pauses, elle tentait de nourrir sa fille, mais elle n'avait plus de lait. Les prisonnières qui travaillaient à l'infirmerie ont eu beau essayer de la nourrir avec un lait qui ressemblait plus à de l'eau qu'autre chose, rien n'y fit, et Inga est morte quelques jours plus tard. Krystina est ensuite retournée à l'infirmerie, souffrant d'une grave dépression. On ne l'a jamais revue. En écoutant ce récit, nous nous sommes mises à pleurer à chaudes larmes. De nouveau, notre moral en a pris un coup. Personne ne pouvait dire quand cet enfer se terminerait.

Nous nous sommes endormies, blotties les unes contre les autres comme jamais auparavant. Nous voulions célébrer le retour d'Iréna qui nous avait tant manqué, et nous avions besoin de nous réchauffer l'âme et le corps. Depuis le temps que nous dormions ensemble, il me semblait que nos corps n'avaient jamais été aussi en harmonie. Chaque soir, nous nous endormions dans la position de la cuillère, et il s'agissait des quatre pièces d'un même service de couverts.

L'ADIEU À FRANZ

J'ai recompté attentivement les balles que j'avais déposées dans ma boîte de travail. Je ne me trompais pas : le retour de Franz était prévu pour demain. J'étais troublée à l'idée de le revoir. Depuis deux jours, j'avais énormément de difficulté à me tranquilliser. Ma soudaine bonne humeur pouvait paraître indécente à plus d'une, étant donné la situation et l'endroit où nous étions.

J'avais perdu l'appétit tellement mon nouveau bonheur me comblait. J'étais remplie d'une énergie que je n'avais pas connue depuis longtemps. J'avais même fait rire les filles en imitant une Québécoise du Saguenay–Lac-Saint-Jean qui tente de parler allemand. C'était la première fois que je voyais Mathilde dans cet état-là, et son fou rire dura jusqu'au couvre-feu. Elle avait laissé tomber toutes ses résistances. Moi, j'avais plutôt envie de pleurer. Nous avions passé un moment agréable, une fois de plus. Le rire, c'était comme les larmes : quand on le retenait trop longtemps, on ne pouvait plus l'arrêter, une fois libéré. Et c'était tant mieux.

Au réveil, Mathilde m'a frotté le dessus de la tête. «Tu es complètement folle !» m'a-t-elle dit en pensant au fou rire de la veille. J'étais vraiment fière de l'avoir divertie.

J'avais très peu dormi, mais je me sentais malgré tout en pleine forme. Avant de revoir Franz, j'aurais aimé me regarder dans une glace, peigner mes cheveux, mettre du rouge à mes lèvres, mais rien de tout cela n'était possible. J'ai songé qu'il me restait à sourire. C'est ce que je fis, très discrètement, bien sûr, en marchant vers l'agrafeuse.

Franz était déjà là et j'ai souri. Plutôt que de me regarder, il a immédiatement fixé ma jambe blessée, puis il s'est avancé vers moi, oubliant que nous avions chacun nos rôles propres. Il s'est repris aussitôt. Je me suis assise sur ma chaise de travail. Il a fait plusieurs pas en respirant très fort, comme pour essayer de se calmer, et il m'a demandé si la plaie guérissait bien. Je l'ai rassuré en lui révélant que j'avais un peu provoqué le soldat qui m'avait blessée.

Entre ses dents, il a marmonné qu'il ne pouvait même pas me demander qui avait fait ce geste car, s'il lui cassait la gueule, cela se retournerait aussitôt contre moi. Il était désolé.

Je ne savais que lui répondre, surprise de son désir de me protéger. Il tenait à moi, manifestement, et il ne voulait pas qu'il m'arrive malheur. J'étais émue, je me sentais soudainement importante à ses yeux. Je n'ai pu retenir mes larmes. J'étais incapable de lui parler. Je voulais lui dire que j'étais contente de le revoir et que ma vie s'arrêtait lorsque je ne pouvais lui parler, mais je pleurais sans arrêt.

Il se tut. Je ne l'entendais même plus respirer. J'ai relevé la tête et je l'ai vu, visiblement ému. Il était muet. Éprouvait-il les mêmes sentiments ? Je voulais y croire. Je m'étais maintenant calmée et j'en profitai pour lui avouer que, depuis le jour de cette fameuse blessure, j'avais un peu perdu confiance en lui.

J'avais une question à lui poser, une question qui me torturait et à laquelle je voulais qu'il me réponde franchement : « Si jamais, Franz, vous recevez l'ordre d'accomplir la Loterie de la mort pendant votre tour de garde, comment allez-vous vous en sortir ? »

Il resta bouche bée. Il n'avait jamais pensé à cette éventualité. Il me répondit en toute honnêteté :

« Vous savez, la première idée qui me vient… c'est de jouer le malaise physique, en me tordant de douleur, car je n'ai pas le droit de désobéir aux ordres. Armande, vous me faites trembler de peur parce que, jusqu'ici, je n'ai pas eu à tuer ni à maltraiter personne. J'ai surtout eu des tâches bureaucratiques à accomplir. Mais la guerre devient de plus en plus difficile pour l'armée allemande, et je sais que bientôt je serai appelé à exécuter des ordres avec lesquels je ne serai pas d'accord. J'aimerais mieux me battre au front. Je sais qu'ils auront besoin de moi sous peu. Est-il nécessaire de vous dire que je suis très effrayé ? En même temps, je ne suis pas gêné d'avoir peur. Je me demande parfois comment j'arriverais à vivre si jamais l'envie me prenait de déserter. Je serais sans doute rongé par la honte d'avoir abandonné mon pays. À cause de mon père et de mon éducation. Je ne pourrais plus regarder les miens en face. »

Pendant trois jours, nous avons senti l'urgence de continuer à parler et de tisser des liens encore plus étroits. Pour l'inciter à venir me visiter, j'essayais de lui donner le goût de mon pays, en lui décrivant les grands espaces, les quatre saisons bien distinctes, les longues distances entre chaque ville. Paris était peut-être une ville unique et extraordinaire, mais il fallait tout de même qu'un jour il voie le Québec. Je lui dis qu'il serait bien accueilli par les gens de ma région, si chaleureux.

Pour Franz, le Québec semblait avoir beaucoup de similitudes avec l'Autriche.

Soudain, je m'arrêtai de parler. Où pourrait-il venir me rendre visite au juste? Au couvent des religieuses? J'avais oublié qui j'étais. Cette réalité cruelle me donna mal au ventre. En sortant d'ici, il me faudrait entrer dans une autre prison. Il me serait impossible de me promener librement avec Franz. J'étais inexpérimentée et jeune, et je rêvais d'un monde idéal où tout serait facile.

Si je sortais vivante de cette guerre, est-ce que j'entendrais encore l'appel de Dieu? Étais-je vraiment faite pour cette vie? Avais-je suffisamment la foi pour vivre heureuse? Après avoir connu tant de privations, pourquoi ne choisirais-je pas la liberté? Et dans ce cas, comment allais-je surmonter la honte de défroquer?

Il n'y avait pas de doute, ma relation avec Franz venait chambarder tous les plans qu'on avait établis pour moi. Qu'est-ce que j'espérais de lui? Qu'il vienne me rejoindre au Québec dont je venais de lui vanter les beautés? Mais cela voudrait dire que je ne serais plus religieuse à mon retour… Et si jamais Franz débarquait au Québec, quelle sorte de couple ferions-nous? Formerions-nous le couple du désarroi, qui s'est connu dans un endroit clos marqué par l'horreur ? Comment vivre avec le jugement des autres ?

Quoi qu'il en soit, le quatrième jour, il m'annonça ce que je ne voulais pas entendre : il devait partir au front le lendemain matin.

J'envisageais le pire. Tout s'écroulerait pour moi après son départ. À quoi bon, dans de telles conditions, tenter de m'en sortir ?

Franz me donna rendez-vous au café du Louvre, à Paris, le premier 7 mai après la guerre. Cette date était celle de notre première conversation au camp.

« Je comprendrai très bien si vous ne venez pas, car nos deux vies sont tellement opposées. Ce fut un réel plaisir de discuter avec vous. Je trouve dommage que nous nous soyons rencontrés pendant cette sale guerre. Je vous souhaite bonne chance et continuez d'être une battante, c'est la seule façon de survivre. »

Survivre ? Mais comment ? Depuis que j'avais commencé à lui parler, Franz était devenu ma source de motivation, ma seule raison de résister. Grâce à lui, j'arrivais à oublier la souffrance et l'enfer dans lequel je me trouvais.

Au cours des jours suivants, je fus inconsolable. Mes compagnes essayaient de me parler, en vain car je me repliais sur moi-même. Puis, peu à peu, la douleur se calma.

Bien sûr, tout ne fut pas facile au début, et je dormais souvent d'un sommeil agité. Parfois, la mélancolie me gagnait. Un matin, je me levai avec la ferme volonté de sortir vivante du camp. Cette idée devint ma seule raison de vivre.

À la longue, Franz est devenu le plus beau souvenir de ces années de ténèbres. Merci, Franz !

LA LIBÉRATION

Les deux dernières années de détention ont été particulièrement dures. Nous étions devenues des zombies. Nous marchions parce qu'il fallait marcher, nous mangions parce qu'il fallait manger. On aurait dit que nous n'existions plus, que nos enveloppes corporelles s'étaient vidées. Nous étions devenues insensibles à toutes ces filles qui mouraient autour de nous de malnutrition, d'épuisement ou simplement de découragement, et cela était inacceptable.

Mathilde nous répétait inlassablement qu'il ne fallait justement pas se laisser aller. Tous les soirs, elle nous motivait : « Nous n'avons quand même pas survécu à tout cela pour mourir maintenant. Secouez-vous, les filles, je sais que c'est difficile, mais il faut sortir d'ici vivantes. »

Elle nous donnait souvent Iréna en exemple, qui serait sûrement morte depuis longtemps si elle n'avait pas été avec nous : « Ne me dites pas que vous ne voulez pas voir le jour où l'on mettra le nez dehors, fières d'être demeurées debout devant le diable ? »

Bien sûr que nous le voulions, personne ne voulait mourir. Le problème, c'est quand il n'y a même plus une parcelle d'espoir et qu'on se demande à quoi sert de rester debout… À ce moment-là, la mort ne nous effraie plus.

Mais Mathilde arrivait toujours à alimenter la petite lueur : « Vous n'avez pas remarqué que les soldats de garde sont de plus en plus vieux ? Cela signifie que les Allemands ont perdu beaucoup d'hommes au combat et qu'il y a de fortes chances que l'Allemagne perde la guerre. Ne perdez pas espoir, ce sera bientôt fini. »

C'était vrai. Tous les soldats qu'on avait connus jusqu'à tout récemment n'étaient plus là. De mon côté, pendant ces deux années, le souvenir de Franz m'a aidée à vivre. Dès que je le pouvais, je me réfugiais dans mes souvenirs. Je m'étais construit un monde imaginaire autour de lui. J'imaginais des scénarios agréables où il était toujours présent à mes côtés, mon imagination n'avait pas de limite. Le soir, je voyais le film de notre vie défiler sur le plafond de la salle. Nous nous étions d'abord mariés dans son village et, bien évidemment, j'avais moi-même confectionné ma robe de mariée. Nous avons ensuite beaucoup voyagé, faisant la navette entre nos deux pays. Puis Franz avait décidé de s'installer au Québec avec moi. Notre maison n'était pas très grande, elle était blanche et située au pied d'une montagne, pour qu'il ne soit pas trop dépaysé. Nous étions très amoureux. Tranquillement, au fil des mois, je suis entrée en imagination avec lui dans notre chambre. Ce n'était pas évident au départ. Au cours de notre nuit de noces, je fus mal à l'aise. Mais Franz m'a serrée très fort dans ses bras et, avec beaucoup de tact et de douceur, il a retiré un à un mes vêtements.

Ses baisers étaient délicieux, il m'embrassait dans le cou et j'avais des frissons partout. Petit à petit, j'ai commencé, moi aussi, à le caresser. Les caresses que j'imaginais lui faire, et qui duraient des heures, étaient surtout concentrées sur son torse, son dos et son cou. De la taille jusqu'aux genoux, je n'avais aucune idée de son anatomie, personne ne m'en avait jamais rien appris. Rien non plus sur ce qui se passe ensuite entre un homme et une femme. Ces belles pensées secrètes de ma vie rêvée avec Franz m'ont aidée à traverser le cauchemar réel que je vivais.

*

La dernière année de détention nous sembla une éternité. Parfois, l'ambiance à l'intérieur du camp changeait du tout au tout et l'on pouvait presque croire que notre cauchemar allait se terminer prochainement. Nous n'étions plus qu'une centaine de survivantes dans notre bâtiment, et la production dans l'usine était très souvent en panne. Les soldats qui nous gardaient désormais avaient été des combattants de la guerre de 1914-1918.

Malgré tout, nous avions l'impression que ça ne finirait jamais. Les six derniers mois ont été plus longs que les trois dernières années et demie. Nous avons commencé à défier les autorités, car nous avions de moins en moins peur. Nous passions des journées entières, assises sur notre paillasse, à discuter au lieu d'aller travailler. La paille n'en avait jamais été changée depuis notre arrivée, l'odeur était insupportable, mais nous avions, je dirais, le sens de l'odorat paralysé. Il y avait des mauvaises odeurs partout, et nous nous y étions probablement habituées.

Pour la centaine de filles qui restaient, il n'y avait plus que trois soldats de garde. Un jour, l'un d'eux a frappé une fille à coups de pied parce qu'elle refusait de se lever. Celle-ci n'en pouvait plus et voulait mourir. Nous avons toutes commencé à taper du pied et à frapper du poing dans nos mains, en avançant vers eux, et ils ont reculé. Nous étions très fières de leur avoir fait face et de leur avoir montré que, dorénavant, nous refusions l'inadmissible. Nous redevenions des êtres humains.

Nous passions de longues heures à parler de ce que nous ferions après notre libération, si jamais nous avions la chance de nous en sortir. Simone voulait retrouver son Léon, bien évidemment. Elle jurait que, si elle retrouvait sa vie d'avant, elle ne se plaindrait plus jamais et serait toujours satisfaite de son sort. Elle promettait, surtout, de commettre les péchés de chair et de gourmandise le plus souvent possible : « Au diable le paradis à la fin de mes jours ! » concluait-elle.

Mathilde souhaitait, elle aussi, revenir à la vie d'avant sa captivité. Elle se promettait, comme Simone, de goûter chaque chose, de remettre son odorat en fonction avec des parfums capiteux, de redevenir une femme élégante, avec des vêtements recherchés, et de trouver un homme, un seul, avec qui elle partagerait le reste de sa vie.

Pour Iréna, son unique souhait était de sortir vivante de cet enfer. À cause de son numéro tatoué sur sa peau, elle se souviendrait toujours de ce qu'elle avait vécu pendant ces longues années d'enfermement. Elle voulait retourner en Pologne, retrouver sa mère et sa sœur, et s'assurer qu'elles étaient en bonne santé. En même temps, elle disait avoir très peur de ce qu'elle allait découvrir.

Et moi, Armande, qu'est-ce que je voulais ? La première chose qui me venait en tête, c'était de prendre un bain. Pour ce qui était du reste de ma vie, j'étais complètement déboussolée. J'avais moins envie d'être religieuse. Après toutes ces privations, j'avais surtout très envie de liberté, sous toutes ses formes.

Nos vœux seraient exaucés…

*

Depuis trois jours, nous étions laissées à nous-mêmes, sans aucun soldat de garde. Il n'y avait plus de nourriture et nous ne savions pas quoi faire. Mais si nous ne réagissions pas, nous allions certainement mourir dans ce trou infect.

Mathilde et une autre fille forte du camp se mirent en devoir de nous convaincre qu'il fallait monter l'escalier vers la sortie, pour aller voir ce qui se passait. Il n'y avait pas unanimité, c'est sûr. Certaines disaient que la guerre était peut-être finie, d'où l'absence de soldats autour de nous. D'autres pensaient que les soldats allaient revenir dans un instant et que, si nous tentions quoi que ce soit, il y aurait sûrement de graves représailles. Plusieurs, dont moi, pensaient que c'était un piège et qu'une fois là-haut nous serions toutes fusillées.

Mathilde restait convaincue qu'il fallait agir rapidement et elle avait un argument de taille : si nous demeurions ici, nous allions mourir, de toute façon. Elle avait sans doute raison.

Alors, elle élabora un plan. Nous allions nous tenir par la main et raser le mur de l'escalier, en montant les marches ainsi à la file indienne. Lorsque nous verrions la lumière du jour, nous lèverions nos mains en l'air, pour qu'on ne nous tire pas dessus. Mathilde ouvrirait la marche, et l'autre fille qui appuyait énergiquement son plan la fermerait.

Je n'ai jamais tremblé aussi fort de toute ma vie. J'étais accrochée à la main de Simone, comme une enfant qui n'a pas envie d'aller dehors. Et Simone me tirait vers le haut. Il y avait une centaine de marches, et j'avais l'impression que la montée n'allait jamais se terminer. Certaines filles urinaient sur place tellement elles avaient peur, et la plupart priaient à voix haute. J'ai prié Dieu et la Vierge Marie, avec une voix puissante que je ne me connaissais pas. Les prières que j'avais récitées avant ce jour n'avaient rien à voir avec celle-ci !

En voyant la lueur du jour apparaître, nous avons fait exactement ce que Mathilde nous avait demandé de faire. Aveuglées par la lumière, nous avons levé les bras vers le ciel, le plus haut possible, pour être certaines qu'on nous voie. Plus nous montions et plus la lumière était éclatante. Nous avions de la difficulté à garder les yeux ouverts, c'était extrêmement douloureux. Lorsque mon pied a touché la dernière marche, j'avais les yeux fermés à cause de l'éblouissement. J'ai enfin senti le vent sur ma peau, d'un coup mes poumons se sont remplis d'air frais, et j'ai entendu un bruit infernal qui venait du ciel.

J'ai pensé que les Allemands venaient pour nous tuer. J'ai levé les yeux vers le bruit et j'ai vu des hélicoptères. Je n'avais jamais vu ces objets volants auparavant. Sous les hélicoptères, on pouvait voir une croix rouge.

Une des filles a crié : « Nous sommes sauvés, la Croix-Rouge est là ! » Quand j'ai entendu ce cri et que j'ai su que quelqu'un d'autre prenait ma vie en charge, mon corps est devenu d'une extrême lourdeur. C'était comme si, d'en avoir trop enduré, toutes les parties de mon corps commençaient à crier leur douleur. J'avais tenu le coup jusque-là, mais maintenant je m'abandonnais, je n'en pouvais plus. J'eus juste le temps de songer que c'était le plus beau jour de ma vie avant de m'évanouir.

Nous étions le 11 avril 1945.

*

Je me suis réveillée dans un hôpital de Paris. J'ai appris que nous avions fait le voyage en train jusqu'ici, mais pas dans des wagons à bestiaux cette fois. J'ai effectué le trajet allongée sur un brancard.

La chambre d'hôpital était immense. Nous étions une vingtaine, étendues sur de petits lits de métal, comme au couvent. La première chose qui m'a frappée, c'est la blancheur et la propreté de l'endroit. Dans les trois camps que j'avais connus depuis plus de quatre ans, je n'avais vu que la couleur grise et l'extrême saleté. Le premier geste que j'ai fait en reprenant conscience, ce fut de sentir les draps. Immédiatement, j'ai reconnu l'odeur de la blanchisserie et je me suis mise à pleurer. Quand j'ai remarqué le contraste entre les draps blancs et la couleur noire de ma peau, mes larmes ont repris de plus belle.

Pour retrouver la blancheur de ma peau et, surtout, pour dégager la saleté qui s'y était incrustée pendant plus de quatre ans, tous les jours pendant presque un an les infirmières me donneront des bains de soufre. Le soufre, malgré son odeur d'œuf pourri, chasse la crasse et empêche la propagation de maladies infectieuses.

Les premiers bains que j'ai pris sentaient extrêmement mauvais. Je fus incapable de supporter l'odeur et je perdis connaissance à quelques reprises. Il a fallu des mois avant que les bienfaits apparaissent. Nous avions aussi droit à des bains sans soufre. Ce fut un de mes plus grands bonheurs.

Le premier jour, je cherchai à revoir mes camarades de paillasse, mais il n'y avait que Simone avec moi dans la chambre. J'appris que Mathilde et Iréna avaient été placées ailleurs. J'étais contente de revoir Simone. Les infirmières m'ont raconté qu'elle était demeurée consciente pendant le voyage de retour, et toujours près de moi. Elle m'aura protégée jusqu'à la fin. C'est pour cette raison que le personnel de l'hôpital l'avait installée sur un lit à mes côtés.

À mon tour, je la regardai dormir et se reposer, et je me sentis emplie d'un réel bonheur. Elle dormit pendant presque une semaine, tout comme moi. Je m'endormais à n'importe quel moment de la journée. Les premiers matins, les infirmières nous ont souvent retrouvées étendues par terre sous une couverture. Il a fallu se réhabituer petit à petit au confort d'un lit. Nous devions également réapprendre à manger normalement. Il fallait y aller à petites doses, avec des bouillons et du lait chaud. À leur libération, de nombreux prisonniers sont morts parce qu'on les avait gavés de nourriture trop rapidement. Leur estomac n'a pas tenu le coup.

Lors de mon arrestation, je pesais cent dix-huit livres. Lorsque les infirmières ont pris mon poids, je pesais quatre-vingt-cinq livres. J'avais perdu trente-trois livres. J'ai voulu me voir dans un miroir. Grosse surprise : non seulement je ne me reconnaissais plus, mais on aurait dit que mes yeux s'étaient déplacés vers le fond de mon crâne. J'ai eu peur de mon image. Les infirmières tentèrent de me rassurer : dans quelques mois, mon visage redeviendrait comme avant.

L'appétit me revenait peu à peu. Je voulais redevenir celle que j'étais avant, mais je n'avais tout de même pas envie de mourir pour avoir trop mangé, après avoir survécu à tant de privations. Je me posais aussi beaucoup de questions sur mon avenir, mais je préférais pour le moment me reposer. J'ai dû, toutefois, faire face à la réalité plus tôt que prévu. Quelques jours après notre hospitalisation, le personnel dut nous identifier, en nous demandant notre nom et l'endroit où nous demeurions avant la guerre. Nous devions leur dire également quelles personnes contacter afin de les informer que nous étions vivantes.

La congrégation fut donc avisée que j'étais à l'hôtel Lutetia, transformé temporairement en hôpital en raison du trop grand nombre de malades. Quelques semaines plus tard, une religieuse de ma communauté en Bretagne est venue me visiter. En la voyant, je suis demeurée de glace, sans aucune émotion. Sans doute était-ce dû au fait que je ne la connaissais pas beaucoup. Pour être franche, je n'avais pas envie que nous reparlions de ma foi.

Cette visite me refroidit encore davantage lorsque la religieuse m'avisa que la communauté avait besoin d'un bilan complet de santé et qu'elle devait s'assurer que j'étais encore vierge avant de m'accueillir à nouveau dans sa maison. Lorsqu'elle est repartie, je suis redevenue moi-même et j'ai senti la rage et une peine immense m'envahir. Je trouvais totalement inhumain d'envoyer quelqu'un me dire, dans l'état précaire où je me trouvais, que mon avenir pouvait être menacé. On n'avait aucune considération pour la situation douloureuse que je venais de vivre. J'avais le sentiment que ma famille m'abandonnait une deuxième fois. J'ai beaucoup pleuré.

Mais je n'avais encore rien vu. Peu de temps après la visite de la religieuse, j'ai reçu un colis contenant tous mes effets personnels : vêtements, missel, images saintes et passeport, ainsi qu'une lettre dans laquelle on me signifiait que je ne pouvais plus retourner dans la communauté. Malgré la preuve de ma virginité, que j'avais fournie, les religieuses demeuraient convaincues que les soldats allemands m'avaient touchée sexuellement pendant mon internement. J'étais donc impure et devais renoncer à ma vie d'épouse de Dieu. Elles ont d'ailleurs adressé à Rome une demande pour qu'on me libère de mes vœux.

Cette décision signifiait que la Croix-Rouge devait désormais me prendre en charge parce que je n'avais plus aucun domicile en Europe. Elle devait aussi s'occuper de mon rapatriement au Québec.

J'étais humiliée et en colère. J'ai perdu foi en la religion catholique à partir de ce jour-là et je ne l'ai jamais retrouvée. J'ai continué de croire en Dieu et en la Vierge Marie, mais je n'ai jamais remis les pieds dans une église, sauf pour un mariage ou un enterrement. J'étais révoltée et j'ai gardé une rancune immense pour tout ce qui était religieux. L'Église catholique m'a traitée comme une criminelle de guerre, en me bannissant de ma communauté après que j'eus passé quatre ans emprisonnée uniquement parce que j'étais à la mauvaise place au mauvais moment. J'étais complètement outrée.

La seule chose à laquelle j'avais envie de croire, à ce moment-là, c'était à la solidarité entre nous, les filles avec qui j'avais traversé ces années d'horreur. Elles avaient accompli davantage pour aider l'humanité que ce que j'aurais fait moi-même comme religieuse. Elles n'avaient pas eu besoin de prononcer des vœux pour faire preuve de bonté et se sacrifier pour leur prochain. Grâce à elles, j'avais survécu. C'était dans ce genre de communauté que j'avais envie de m'investir dorénavant.

Au bout de quelques semaines, j'ai fini par me calmer, mais sans oublier l'affront que je venais de subir. J'ai réfléchi à ma nouvelle situation et, somme toute, j'étais contente de mon sort. J'allais enfin rentrer chez moi. J'ai demandé aux gens de la Croix-Rouge s'il leur était possible de retrouver mes frères au Québec. Après plusieurs semaines, ils ont réussi à dénicher l'adresse de mon frère Rosaire, à qui ils ont envoyé un télégramme pour l'avertir que j'étais bien vivante.

Je voulais refaire ma vie, complètement libre de mes mouvements. Finies les contraintes, fini l'isolement ! M'habiller comme je le voulais, manger ce dont j'avais envie, savourer et goûter la vie, ma nouvelle vie, oui, ce serait extraordinaire.

Lorsque j'ai vu Léon entrer dans la chambre et retrouver sa Simone après tout ce temps, j'ai su ce que je voulais vivre. Ils étaient si beaux à voir, tous les deux. Ils ont fondu en larmes en s'embrassant et je ne saurais dire combien de temps a duré leur étreinte. Moi aussi, j'avais envie d'aimer et d'être aimée.

Pendant un moment, j'ai pensé au rendez-vous que m'avait fixé Franz, le 7 mai prochain à Paris. Mais il y avait un bateau affrété pour rapatrier les Canadiens. Le départ était prévu pour le mois de mars 1946. Je savais que je n'aurais jamais les moyens de revenir en Europe.

Simone m'a donné son adresse en Bretagne. Comme elle aurait davantage d'occasions de venir au Québec que moi de retourner en Europe, je lui ai dit que je lui écrirais dès mon arrivée pour lui donner mon adresse. Pour notre plus grand bonheur, nous avons retrouvé Mathilde dans une autre aile de l'hôtel-hôpital. Nous avons passé plusieurs jours à parler, toutes les trois. Simone et moi l'avons remerciée du fond du cœur pour tout ce qu'elle avait fait pour nous. Elle nous a raconté quelque peu les «services» qu'elle avait dû rendre en échange des privilèges dont nous bénéficiions et qui nous ont sauvé la vie plus d'une fois. Nous jugions nos remerciements bien faibles par rapport à ce qu'elle avait fait.

Finalement, je leur ai fait mes adieux en leur affirmant qu'elles occuperaient à jamais une place immense dans mon cœur et qu'il ne se passerait pas une journée sans que j'aie une pensée pour elles. Nous n'avons jamais revu Iréna.

LE RETOUR

Le 4 mars 1946, à presque trente-quatre ans, je
suis montée à bord d'un bateau de la Croix-
Rouge pour rentrer chez moi, au Québec. Si j'avais
raté cette occasion, j'aurais été obligée de travailler
pendant plusieurs années afin d'amasser la somme
nécessaire pour payer mon voyage de retour. J'en
serai toujours reconnaissante à cette organisation.

La traversée dura sept jours. Au milieu de la
semaine, une tempête s'est déchaînée et j'ai eu très
peur. Des vagues immenses passaient par-dessus
bord, le navire craquait de toutes parts et presque
tous les passagers étaient malades. Il régnait à bord
une odeur nauséabonde, mêlée à une forte odeur
de mazout. J'ai vomi plus d'une fois. On aurait dit
que la mer voulait nous avaler tellement le bateau
semblait aussi léger qu'une coquille vide. Nous
avons passé trois jours enfermés dans nos cabines,
en attendant le retour du beau temps.

Parmi les voyageurs, beaucoup avaient été
internés dans les camps de travail et avaient été
libérés en même temps que moi. Nous le savions
sans nous en parler, ça se voyait, simplement.
C'était comme si nous portions encore sur nos

corps les traces de la saleté et de l'humiliation. Personne n'avait envie de parler de son expérience passée.

Par une drôle de coïncidence, je partageais ma cabine avec quatre femmes. J'éprouvais la même impression de sécurité qu'avec les filles du camp.

Nous étions à peu près toutes du même âge. Deux d'entre elles étaient des infirmières de la Croix-Rouge. Une autre avait connu un destin semblable au mien, dans un camp différent. Je suis rapidement devenue amie avec une des deux infirmières, Gabrielle, que j'appelais Gaby. Elle était rousse, comme les couleurs de l'automne, avec de petites taches de rousseur sur le visage. Elle semblait plutôt garçonne, mais surtout elle était une vraie battante, possédant toutes les qualités pour venir à bout des embûches de la vie.

Jusqu'à présent, je n'avais rencontré, sur ma route, que des personnes qui m'avaient aidée à aller de l'avant. Je pense à sœur Marguerite, à sœur Adolphine et aux trois filles du camp. Que serais-je devenue sans elles?

J'étais beaucoup moins excitée que pendant le voyage qui m'avait amenée en Europe, quelques années auparavant. Il faut dire que j'avais changé. Mes sentiments étaient maintenant embrouillés. J'avais, sur le dos, le poids des quatre années et demie d'emprisonnement. Et surtout, j'étais amèrement déçue d'avoir été rejetée par ma congrégation.

Mais il y avait un contrepoids à cette déception. J'avais une envie folle de vivre pleinement chaque instant de ma nouvelle vie. J'allais retrouver des frères que je connaissais peu, et cela m'inquiétait.

Rosaire serait-il content de me voir ? Voudrait-il m'héberger, le temps que je trouve un emploi et que je m'installe ?

Dans la petite valise que la Croix-Rouge m'avait donnée, j'avais encore mes habits de religieuse. Je ne voulais pas m'en débarrasser avant d'avoir reçu la lettre de Rome qui devait confirmer que j'étais désormais une civile, c'est-à-dire libre, autonome et, surtout, très seule et presque sans abri.

J'ai passé une bonne partie du voyage à réfléchir à mon avenir. Pendant les derniers jours de la traversée, Gaby, qui ne connaissait rien de mon passé de religieuse – j'avais déjà honte d'en parler –, me raconta des choses qui me firent dresser les cheveux sur la tête. Je n'avais jamais entendu une femme, ni même un homme, raconter des choses aussi vulgaires. Cela dépassait l'éducation sexuelle de base, qui aurait été plus douce à mes oreilles innocentes.

Gaby me fit, avec force détails, le récit de ses aventures sentimentales. En l'écoutant, je pensais à ce que Mathilde avait dû endurer pour nous toutes. Elle n'avait sans doute pas le choix, c'était une question de survie.

Ces informations me seraient toutefois utiles, me disais-je, car tôt ou tard je tomberais dans la gueule du loup qui se trouverait, inévitablement, sur mon chemin dans la grande ville de Montréal.

À la fin du voyage, Gaby me donna le numéro de téléphone de sa mère, chez qui elle habiterait un certain temps. Elle me proposa aussi de partager un appartement, dès que j'aurais un emploi. J'acceptai avec enthousiasme. Elle m'aiderait certainement à survivre dans cette jungle urbaine.

*

Le bateau accosta à New York le 11 mars 1946.

Gaby m'accompagna pendant le voyage en train jusqu'à Montréal et elle m'aida à trouver l'adresse de mon frère Rosaire.

Mon frère demeurait dans un minuscule appartement, rue Sainte-Élisabeth, avec sa femme Yvette. J'étais très émue lorsque je frappai à leur porte. Je n'avais aucune idée de l'accueil qu'on me réserverait. Rosaire avait quatre ans lorsque je l'avais vu pour la dernière fois. Allais-je le reconnaître ? Lorsqu'il a ouvert la porte, nous nous sommes tout de suite retrouvés. Nous avons abondamment pleuré avant de pouvoir nous parler. Je sentais, dans son étreinte, que plus rien ne pourrait nous séparer. Ce fut une joie intense. J'étais maintenant dans les bras d'une personne qui était faite du même sang, avec les mêmes parents, un frère qui avait vécu le même passé. Rosaire ne se souvenait pas de son enfance, mais nous avions connu les mêmes drames, senti les mêmes odeurs, habité la même maison. Évoquer avec lui ces détails me procurait un soulagement immense. Je n'arrêtais pas de le regarder, ses traits m'étaient familiers et je le trouvais beau. Rosaire était mon jeune frère. Nous n'avions que deux ans de différence, mais je sentais le besoin de le protéger, je songeais qu'enfin je rencontrais une personne qui aurait besoin de moi. Dans mon cœur et ma tête, il avait toujours quatre ans.

Il me raconta sa vie, depuis le moment où nous avions été séparés jusqu'au déclenchement de la Seconde Guerre mondiale, où il avait combattu en Europe. Repoussant, dans une tranchée, une attaque qui a duré plusieurs jours, il a attrapé une pneumonie et on l'a rapatrié au Canada. Il me rapporta qu'un jour, à une émission de radio où l'on donnait la liste des personnes décédées pendant le conflit, il avait entendu mon nom. Il avait fondu en larmes et avait fait célébrer une messe. Je l'ai rassuré en lui disant que cette messe m'avait certainement aidée à survivre. Je lui ai demandé des nouvelles de Louis-Georges, qui avait à peine six mois lorsque j'étais partie pour le couvent. Il n'en avait aucune depuis fort longtemps. C'était dommage, car j'aurais bien aimé le revoir.

À Yvette et Rosaire, j'ai à peu près tout raconté – le couvent, la vie religieuse, les années de camp et l'abandon de la communauté religieuse –, mais j'ai tu mon histoire avec Franz. J'en avais honte, maintenant que la guerre était finie. Et doublement, puisque mon frère avait combattu les nazis, au péril de sa vie. Je leur ai montré mon habit de religieuse et leur ai dit que j'attendrais la lettre de Rome avant de m'en défaire. Je leur ai parlé du métier de couturière que j'avais appris pendant ces années. Je voulais chercher un travail dans ce domaine. Yvette et Rosaire ont accepté de m'héberger dans leur petit espace, le temps que je puisse voler de mes propres ailes.

Après la guerre, tout était à rebâtir. L'économie se remettait en marche et je n'ai pas eu à chercher longtemps un emploi. Trois jours après mon arrivée à Montréal, j'ai été embauchée dans une manufacture de vêtements pour hommes. Je travaillais à la confection de poches de pantalons. Ce n'était pas tout à fait le genre de couture que j'aurais aimé pratiquer, mais il fallait bien manger.

J'ai téléphoné à Gaby pour lui annoncer que j'avais un travail et que, d'ici un mois, je serais en mesure de partager les frais du logement qu'elle avait déjà, rue Beaudry. C'était l'endroit idéal, pas trop loin de chez mon frère, à deux pas de la rue Sainte-Catherine. L'appartement possédait de larges fenêtres et était, par conséquent, très bien éclairé. J'avais énormément besoin de cette lumière, comme si je devais rattraper toutes ces années passées à l'ombre.

La mère de Gaby lui avait donné des meubles, de sorte que l'appartement était bien rempli. Gaby avait amassé, depuis plusieurs années, un trousseau de mariage mais, puisqu'elle était toujours célibataire, elle avait décidé de s'en servir. Son salaire d'infirmière lui suffisait amplement et elle ne manquait de rien.

Quant à moi, dès que je le pouvais, je mettais quelques sous de côté en vue de m'acheter un moulin à coudre et du tissu. Pendant mes jours de congé, je m'amusais à confectionner des robes, entièrement à la main. Gaby m'encourageait. Elle disait que j'avais du talent et que je devais m'en servir pour gagner ma vie. En attendant, je vivais chaque jour intensément.

Tous les jeudis, avec mon maigre salaire en poche, j'allais déguster une pâtisserie chez Kresge, rue Sainte-Catherine. En mordant dans mon mille-feuille à la crème, je pensais au camp et surtout à Simone. Je fermais les yeux et je lui criais intérieurement, pour qu'elle m'entende dans sa Bretagne :

«À ta santé, mon ange gardien, et à notre survie!»
Et lorsque j'achetais un patron pour confectionner une robe élégante, je songeais à Mathilde. J'avais même rebaptisé le point d'ourlet le «point Mathilde», parce qu'il est discret mais résistant. Je rappelais ainsi, dans mon travail quotidien, la mémoire de celles qui avaient tant fait pour moi. C'était ma façon de leur rendre hommage. Quant à Iréna, chaque jour jusqu'à la fin de ma vie je prierais pour qu'elle soit encore vivante, et chaque jour jusqu'à la fin de ma vie je prierais pour qu'elle ait trouvé le bonheur.

Le 7 mai 1946, j'ai pensé à Franz toute la journée. Était-il encore vivant? S'était-il rendu au lieu de notre rendez-vous? Je ne crois pas que les Allemands aient été les bienvenus à Paris à cette époque. Depuis que j'étais revenue à la vie normale, ma rencontre avec Franz avait une tout autre signification. Une telle histoire d'amour était insensée, même si je n'étais plus religieuse.

Quelques mois après mon retour, j'ai reçu la lettre de Rome qui me libérait de mes vœux. J'étais officiellement libre, comme tout le monde. J'ai aussitôt détruit mon habit et caché toutes les traces de mon ancienne vie dans un coffre fermé à clé. Je n'éprouvais aucun regret, mais j'étais encore très en colère contre la religion.

J'ai vécu ces premières semaines de ma nouvelle liberté comme une révolte. J'avais envie de faire tout ce qui m'était interdit auparavant. C'était un pied de nez à l'obéissance dont j'avais fait preuve pendant toutes ces années. Cela ne m'avait servi à rien, en fin de compte.

Gaby, la démone rousse, m'a encouragée sur le chemin de ma rébellion. Cela a commencé par des sorties dans les boîtes de nuit, les fins de semaine, où l'on présentait des spectacles. Mais c'était aussi l'occasion de faire des connaissances. J'aimais beaucoup la vie nocturne, et Gaby m'a heureusement protégée de quelques loups un peu trop affamés. Toutefois, ce n'est pas dans ces cabarets que j'ai rencontré le plus beau cadeau de ma vie.

Un soir, Gaby a ramené un homme à la maison. Il s'appelait Maurice. Ils s'étaient vus à quelques reprises à l'hôpital, où il venait rendre visite à sa sœur. Gaby était folle de lui et elle l'avait invité à prendre un verre chez nous. Moi qui pensais que l'expression «être beau comme un dieu», dans la bouche de Gaby, pouvait être exagérée, je l'ai trouvée presque faible en le voyant. Il aurait pu facilement être acteur de cinéma. Six pieds et deux pouces d'élégance! Il avait les cheveux noirs fraîchement coupés, des yeux noisette incroyablement rieurs, des mains pour lesquelles j'ai craqué immédiatement, en raison de leur largeur et leur aisance. Il portait un complet gris foncé et ses souliers brillaient d'avoir été presque trop frottés. Mais l'arme ultime, c'était son sourire. Je ne pouvais m'empêcher de le regarder. Même si j'étais contente pour Gaby qu'elle ait rencontré un tel homme, j'étais jalouse. Ce n'est pas ce genre d'homme que j'aurais pu croiser au travail.

Nous avons beaucoup discuté tous les trois et, au moment de partir, sans que nous nous en apercevions, Maurice a noté notre numéro de téléphone.

Le lendemain soir, lorsque j'ai répondu au téléphone, j'ai reconnu sa voix et lui ai dit que Gaby n'était pas là, qu'elle faisait quelques heures supplémentaires à l'hôpital. «Ce n'est pas à elle que je veux parler, c'est à vous», me répondit-il. Je lui ai rappelé que Gaby serait en colère contre moi si j'acceptais d'aller prendre un Coke avec lui. Il m'a répondu: «Gaby ne m'intéresse pas. Je la trouve gentille, mais c'est vous que j'aimerais connaître davantage.»

J'ai accepté son invitation. Nous avons discuté toute la soirée. Il vivait encore chez ses parents et avait vingt-quatre ans. Il venait de décrocher un emploi stable dans un entrepôt d'articles de sport. C'est ce qu'il attendait pour quitter la maison familiale. Il avait fait son service militaire sur le tard, à cause de la conscription. Il n'avait pas eu le temps d'aller combattre, fort heureusement. Son frère Robert n'avait pas eu cette chance. Il était mort sur les champs de bataille en Italie, alors qu'il n'avait que vingt et un ans, et deux enfants étaient aujourd'hui orphelins de père. Ses parents avaient eu beaucoup de difficulté à faire leur deuil. À mon tour, je lui ai raconté une tranche de ma vie. Il fut captivé par mon récit. Je n'ai pas tout révélé, cependant, comme mon passage par la vie religieuse et mes sentiments pour Franz. Cet épisode de ma vie demeurera à jamais secret.

Petit à petit, il a écarté Gaby de sa vie. Nous sortions ensemble, en cachette. Le jour où Gaby a découvert le pot aux roses, elle a piqué une sainte colère. En revenant du travail, j'ai constaté qu'elle avait sorti mes effets personnels sur le balcon, et que la porte était verrouillée à double tour.

Impossible d'entrer. Elle avait laissé un mot sur ma valise : « Belle amitié ! »

Je me sentais moins que rien. Ma meilleure amie était démolie à cause de moi, même si Maurice l'avait prévenue que leur relation n'irait pas plus loin. J'étais mal à l'aise. Inutile d'essayer de m'expliquer, elle était trop en colère contre moi. J'ai pris un taxi, avec mes boîtes et ma valise, et suis allée chez mon frère, le temps de me trouver un nouveau logement. Une semaine plus tard, j'étais installée dans un petit deux-pièces meublé, à Rosemont. Maurice vivait avec moi durant la semaine et, les fins de semaine, il se rendait chez ses parents.

Il fit croire à sa famille que c'était plus facile pour son travail de louer une chambre en ville. Ses parents habitaient Cartierville, à plus d'une heure de tramway, matin et soir, de son lieu de travail. Quand la famille a appris que nous vivions ensemble, nous sommes devenus un couple maudit. Nous avons vécu ainsi pendant huit ans. En 1954, nous avons décidé de nous marier devant témoins. Nous avions développé une belle complicité. On aurait dit que le fait de vivre en marge de la société nous avait rendus plus forts. Nous connaissions également une parfaite harmonie sexuelle, épanouie et sans contrainte, ce qui renforçait encore plus nos liens maritaux.

Avec le recul, je dois avouer que Maurice n'a pas toujours eu la vie facile avec moi. Il devait composer avec les séquelles de mon passé. J'avais toujours cette rage, enfouie au fond de moi, qui suscitait des colères instantanées, souvent sans raison, et des changements brusques d'humeur, alors que

Maurice riait tout le temps. C'était un homme fondamentalement bon, qui prenait la vie du bon côté. Même la météo n'affectait jamais son humeur. S'il pleuvait, il trouvait comment s'occuper à l'intérieur. Lorsqu'il faisait beau, il organisait ses journées en conséquence. J'avoue que, parfois, cela m'irritait. Je croyais, à tort, qu'un caractère aussi malléable pouvait être un signe de faiblesse. Comment ai-je pu porter un jugement aussi absurde ? Je m'en suis voulu longtemps, surtout lorsque je n'ai plus eu que son souvenir pour me consoler.

*

Il m'a souvent parlé de son désir d'avoir un enfant. Je ne pouvais malheureusement lui offrir un tel bonheur, puisque, pendant les années passées au camp, j'avais cessé d'avoir mes règles, et cela avait laissé des séquelles. Par ailleurs, j'étais plus âgée que lui et j'avais peur de ne pas avoir la patience d'élever un enfant.

Durant notre première année de mariage, la sœur de Maurice tomba enceinte. Il s'agissait d'une grossesse non désirée. Elle habitait encore chez ses parents et avait trente-neuf ans. Elle se sentait aussi gênée d'être enceinte à cet âge qu'une adolescente. Elle savait que je ne pouvais avoir d'enfants. Aussi nous demanda-t-elle si nous accepterions d'adopter celui qu'elle portait, avant de chercher de parfaits inconnus. Maurice était très excité à l'idée d'élever un enfant avec moi, mais il préféra répondre qu'il allait y penser, tout en priant sa sœur de ne rien faire avant d'avoir sa réponse. Il ne m'a pas forcé la main. À le voir si heureux, j'ai immédiatement eu envie de lui offrir ce grand bonheur d'être parent. Il était fou de joie, et j'étais moi aussi contente même si j'avais un peu peur. Cependant, avec tout ce que j'avais vécu pendant mon enfance, j'avais le désir d'avoir ma propre famille.

La sœur de Maurice vécut à la campagne pendant toute sa grossesse, pour éviter le qu'en-dira-t-on et sauver ainsi l'honneur de la famille. Pendant ce temps, nous nous préparions, Maurice et moi, à accueillir dignement cet enfant. Nous prenions notre rôle très au sérieux. Nous avons même trouvé un notaire qui avait le pouvoir de faire enlever les mots « enfant illégitime » sur le baptistaire. Ainsi, quand l'enfant lirait son acte de naissance, il n'y aurait aucune trace d'adoption. C'était primordial pour nous.

Sa sœur accoucha, le 18 septembre 1955, d'une belle fille.

C'était toi, ma Lison ! Nous étions impatients de ta venue au monde. Souvent, nous allions voir ta mère dans son refuge, à la campagne, en attendant que tu naisses. Nous étions pressés de voir ton petit visage. Lorsque nous t'avons vue pour la première fois, j'ai constaté que tu ressemblais à Maurice, et c'est dans cette ressemblance que j'ai trouvé ta légitimité. Tout le monde dirait : c'est vraiment la fille de son père ! Tu as ses yeux et tu étais une enfant souriante, avec un bon caractère, tout comme lui.

Maurice ne pouvait absolument pas résister à l'envie de s'occuper de toi. Chaque fois qu'il le pouvait, il jouait avec toi. Il était toujours par terre et, toi, tu t'appuyais constamment sur lui. Vous formiez une belle paire, tous les deux.

Je dois te faire une confidence : j'étais un peu jalouse de toute l'attention que Maurice te portait. Depuis ton arrivée, il ne pensait qu'à toi, ne s'occupait que de toi et tu étais très près de lui. J'avais l'impression de perdre mon couple. Avant ta venue, je ne partageais mon temps qu'avec lui. Maintenant, ce temps, j'étais obligée de le partager avec toi également. C'est sans doute à cause des années passées au camp que j'avais tant besoin d'attention et d'affection. J'étais comme toi, j'avais envie qu'il m'aime encore plus fort et qu'il me prenne toujours dans ses bras. Toi, tu as dû rester quelques mois à l'orphelinat, pour des raisons administratives, et c'est sans doute pour cela que tu avais besoin, toi aussi, d'une double dose d'affection. Mais, à la longue, nous avons appris toutes les deux à nous partager notre homme.

Lorsque tu avais quatre ans, on m'a admise à l'hôpital pour m'enlever un énorme fibrome que j'avais sur l'utérus. Cette tumeur était tellement grosse qu'elle affectait mes reins. Il s'agissait d'une conséquence directe de l'arrêt de mes règles, pendant mon internement dans les camps.

Le chirurgien en a profité pour tout enlever, mais il a trouvé des cellules cancéreuses aux reins. Pendant que tu étais allongée, près de moi, dans le lit d'hôpital, j'ai aperçu le médecin qui parlait à Maurice dans le couloir. J'ai vu Maurice pleurer pour la première fois. Il a fait les cent pas avant de revenir. Il s'est assis près de moi, a posé sa tête sur mon ventre, puis il s'est remis à pleurer : « Le médecin m'a dit que, à la vitesse à laquelle les cellules se propagent, il se peut qu'il ne te reste que deux ans.» Il avait prononcé cette phrase avec des sous-entendus, pour que tu n'en comprennes pas le sens. Toujours en pleurant, il a ajouté : «Je ne pourrai pas te survivre, je ne saurai pas comment élever Lison tout seul, je veux mourir avant toi.»

Nous avons prié la Vierge Marie tous les jours avec beaucoup de ferveur. Au bout de six mois, les tests sanguins ne montraient plus aucune trace de cellules malades. Ce fut une des grandes nouvelles qui ont marqué ma vie. J'ai obtenu cinq ans de répit, sans souffrance aucune. Plus précisément jusqu'au 18 juin 1965. Je maudirai ce jour jusqu'à ma mort.

Ce jour-là, pour la énième fois, je fus prise dans la tourmente. Nous revenions de faire des emplettes, toi et moi. Nous avons poussé la porte, qui, étrangement, avait été laissée entrouverte. Ton père gisait par terre. Je t'ai envoyée chercher de l'aide et je suis demeurée avec Maurice. Je lui ai passé de l'eau froide sur le visage et j'ai détaché sa chemise. Je criais sans cesse son nom. Il avait les yeux révulsés et se lamentait. Je le suppliais de me parler. Les secours tardaient. Soudainement, sa peau a viré au bleu. Il ne se lamentait presque plus. J'ai compris que j'étais en train de le perdre. J'avais sa tête entre mes mains et je criais à l'aide. Les secours sont enfin arrivés. Une personne m'a demandé de ne pas rester sur place pendant qu'on essayait de le réanimer.

J'acquiesçai et je me suis assise à l'écart. De nouveau, tout s'écroulait pour moi, mais, cette fois-ci, le malheur avait gagné et je n'avais plus d'énergie pour me battre. Mon corps tout entier lui a dit : « D'accord, j'abandonne, je te concède la victoire… » Maurice n'avait que quarante-trois ans.

J'ai alors perdu la notion du temps. Les gens qui étaient sur place, ce jour-là, m'ont raconté la suite. J'ai blasphémé et m'en suis prise à Dieu si violemment, semblait-il, qu'ils avaient de la difficulté à m'écouter. Un médecin m'a prescrit des calmants, que j'ai dû avaler pendant les trois jours où Maurice fut exposé au salon funéraire. Mon désespoir était tel que je devais faire peur à la famille.

On m'a tellement gavée de pilules que je n'ai rien vu des cérémonies et, en y pensant bien, c'était mieux ainsi. Mon seul regret, Lison, et je te demande pardon, c'est d'avoir complètement oublié ton existence pendant cette période de douleur intense. Je remercie ceux qui se sont occupés de toi, le temps que je revienne sur terre.

Après cette difficile épreuve, nous sommes restées soudées l'une à l'autre, sans que personne puisse désormais nous séparer. Je sais que tu avais peur que je t'abandonne.

À la lecture de ces cahiers, j'espère que tu comprendras mes comportements, qui pouvaient parfois te sembler excessifs. En réalité, il s'agissait de vieilles blessures qui refaisaient surface.

Je te remercie infiniment d'avoir été à mes côtés. Tu as embelli le reste de ma vie, qui aurait pu être vide de sens sans toi. Avec ton père, tu auras été le plus beau cadeau que m'aura fait l'existence. Je t'aimerai toujours.

Maman

ÉPILOGUE

S'il est vrai que les enfants choisissent leurs parents avant de venir au monde, Maurice et Armande auraient sûrement été mon premier choix.

D'avoir partagé avec vous la vie de ma mère m'a permis d'apprendre beaucoup de choses sur elle, ainsi que sur moi.

Je l'aime encore plus aujourd'hui.

Un de mes regrets, c'est qu'elle soit décédée un peu avant que vous m'ayez permis de gagner ma vie dignement, grâce à ce beau métier d'humoriste. J'aurais voulu la gâter et adoucir un tant soit peu la fin de ses jours, mais elle est morte dans la pauvreté, parce que, à ce moment-là, j'avais moi-même de la difficulté à joindre les deux bouts. Après sa mort, ma carrière a connu une montée fulgurante. Qui sait si elle n'était pas derrière moi pour m'aider à foncer et à vous faire rire, pour qu'à votre tour vous puissiez m'adopter.

Pendant que j'écrivais ce livre, il m'a semblé sentir sa présence. J'avais l'impression qu'elle posait ses mains sur les miennes lorsque j'écrivais.

C'est au mois de mai 2004 que l'idée du livre a germé et que j'ai entrepris les recherches.

J'ai voulu vous faire partager sa vie, pour lui rendre hommage et pour qu'elle n'ait pas vécu toute cette souffrance en vain. J'espère de tout cœur que vous avez apprécié son histoire. Je souhaite également que vous ayez pour elle une parcelle de compassion, afin que son âme reçoive une caresse.

Nous avons tous notre lot de souffrances, mais, en prenant connaissance de son histoire, j'ai réalisé que je n'aurais jamais pu survivre à un tel drame. J'aurais sans doute baissé les bras bien avant.

Il est important que les jeunes sachent ce qui s'est réellement passé pour que jamais on n'oublie.

Ma mère est devenue pour moi une source de motivation, qui m'aide souvent à commencer la journée du bon pied.

Merci, Armande.

De ta fille,
qui a voulu que
tu deviennes immortelle.

Remerciements

Tout d'abord un remerciement, qui ne sera jamais à la hauteur de l'histoire qu'elle a vécue et qu'elle m'a léguée, à ma mère Armande.

Un grand merci à Ariane, qui aura commencé avec moi la grande recherche qu'a nécessité cette histoire.

Merci à Christiane de m'avoir aidée à mettre de l'ordre dans cette grande histoire.

Un immense merci à Chrystine, grande auteure au Québec, pour le partage de son savoir avec moi, l'auteure amateure.

Merci à Monique pour son soutien et son aide à décortiquer mon récit.

Un merci vraiment spécial à Valérie, la policière dévouée qui m'a fait vivre un grand moment de ma vie en me faisant rencontrer une citoyenne de son district, Mme Iréna, Polonaise, qui a vécu toutes les horreurs.

Un immense merci à Mme Iréna, qui m'a bouleversée en me racontant sa vie et que je porterai toujours dans mon cœur.

Merci à sœur Éva Tremblay d'avoir mis en mots une partie du casse-tête qui manquait à mon histoire.

Un grand merci aux gens de la Société historique du Saguenay pour m'avoir ouvert la porte des richesses que contiennent leurs documents d'archives.

Merci à tous ceux qui ont pensé à mettre leurs archives sur Internet.

Un doux merci à Ève-Marie pour son aide dans mes recherches grâce au document qu'elle m'a remis lors d'un de mes passages à *Salut Bonjour*.

Un merci gros comme la Terre à Manon, Yvan et Carole, qui ont fait que ma vie continue en dehors de l'écriture, en s'occupant de mes affaires.

Merci à Mado, celle qui fait partie de mes racines, d'être restée mon amie pour la vie, malgré les sautes d'humeur d'Armande.

Un merci triple à mes douces Johanne, la première, mon amie de longue date, pour son grand soutien ; la deuxième, mon ange du Saguenay, qui me guide de temps en temps dans la vie parce qu'elle connaît les événements avant moi ; et enfin la Johanne qui m'a fait confiance, qui a concrétisé mon rêve. Celle grâce à qui je peux tenir dans mes mains la vie immortalisée de ma mère et sentir l'odeur du papier sur lequel elle a été imprimée. Celle à qui j'ai raconté toutes mes faiblesses, jamais assez merci.

À mon bras droit pendant l'aventure, celle qui m'a encouragée, supportée, celle qui m'a accompagnée dans mes recherches, dans mon insécurité, dans mes doutes et surtout dans ma grotte à l'écart du monde extérieur. Un grand merci, Loraine.

Merci beaucoup à Jacques, pour avoir fait de moi une écrivaine beaucoup moins amateure.

Merci à Karine, l'agrandissement de ma mémoire.

À Daniel, celui qui m'accompagne dans tous mes projets, mon grand supporteur, ma colonne artistique, mon coach, mon agent, un grand et sincère merci.

Un merci gros comme le ciel à Claudie et Hugo, mes enfants plus grands que nature et surtout plus matures que moi, bien souvent. Je suis fière de vous et pour moi il est aussi important que vous soyez fiers de moi.

Merci à vous, public, de me suivre dans mes projets et merci pour toutes ces années de fidélité. C'est un grand bonheur pour moi de partager la vie de ma mère avec vous.

Cet ouvrage a été composé en Adobe Caslon Pro 12,25/15,3
et achevé d'imprimer en février 2011 sur
les presses de Imprimerie Lebonfon, Val-d'Or, Canada.

certifié   procédé   100% post-   archives   énergie
        sans chlore   consommation   permanentes   biogaz

Imprimé sur du papier 100 % postconsommation,
traité sans chlore, accrédité Éco-Logo et fait à partir de biogaz.